# キ・ス・リ・ハ

## ～共演者《きょうえんしゃ》は、学校《がっこう》イチのモテ男子《だんし》!? ないしょの放課後《ほうかご》リハーサル～

pico



カドカワ
読書
タイム

Kiss rehearsal

# もくじ

はじめてのキスは、なにもかもが透《す》けて見《み》えそうで。
息《いき》づかいが伝《つた》わらないようにと、呼吸《こきゅう》すらままならなかった。

やわらかい感触《かんしょく》、くちびるの温度《おんど》、とじたまぶたの白《しろ》さ、長《なが》いまつげの一本一本《いっぽんいっぽん》。
全身《ぜんしん》が心臓《しんぞう》になったみたいにドキドキして、真夏《まなつ》みたいに汗《あせ》をかいて。

そんな二人《ふたり》の、ひみつの——いくつかの、キスの話《はなし》。

# 01 同《どう》級《きゅう》生《せい》とのキスシーン

――都内《とない》、某撮影《ぼうさつえい》スタジオ。

「柚月《ゆずき》ちゃん、いいね！　今《いま》のポーズ、もう一回《いっかい》いこう！」

逢坂《おうさか》 柚月《ゆずき》、中学一年生《ちゅうがくいちねんせい》。

小中学生向《しょうちゅうがくせいむ》けファッション誌《し》『LiCoCo《リココ》』の読者《どくしゃ》モデルをしている。

「柚月《ゆずき》ちゃんも三年目《さんねんめ》で、ようやく単独表紙《たんどくひょうし》デビューか」

「そうなのよ～！　ちょっと表情《ひょうじょう》カタいわね。ゆず、スマイルよ、スマイ～ル！」

『LiCoCo《リココ》』の編集《へんしゅう》スタッフと話《はな》していた所属事務所《しょぞくじむしょ》の天音社長《あまねしゃちょう》が、変顔《へんがお》で笑《わら》わせてくる。

思《おも》わず柚月《ゆずき》の表情《ひょうじょう》がゆるんだ瞬間《しゅんかん》を逃《のが》さず、カメラマンはいきおいよくシャッターを切《き》った。

「いいねぇ！　その笑顔《えがお》、その笑顔《えがお》！」

笑顔《えがお》をキープしたまま、柚月《ゆずき》はカメラの前《まえ》でポーズをとり続《つづ》ける。

モデルの仕事《しごと》は好《す》きだ。好《す》き、だけど。

「もうちょっと身長《しんちょう》が伸《の》びればねー。柚月《ゆずき》ちゃん、頭身《とうしん》のバランスはいいし、これからに期待《きたい》だね」

雑誌《ざっし》の編集《へんしゅう》スタッフの言葉《ことば》に、こっそり耳《みみ》をかたむける柚月《ゆずき》。泣《な》きたい気持《きも》ちになりながら、柚月《ゆずき》はカメラに向《む》かって笑顔《えがお》をつくる。

モデルの仕事《しごと》がどんなに好《す》きでも、選《えら》ばれなければ、続《つづ》けられない。

それは、柚月自身《ゆずきじしん》が一番《いちばん》よくわかっていた。

◆◆◆

「ゆず、『LiCoCo《リココ》』買《か》ったよ〜！　表紙《ひょうし》のゆず、超《ちょう》かわいい！」

「ありがと真帆《まほ》〜！」

昼休《ひるやす》みの教室《きょうしつ》。同級生《どうきゅうせい》の真帆《まほ》は満面《まんめん》の笑《え》みで、柚月《ゆずき》が初《はじ》めて一人《ひとり》で表紙《ひょうし》をかざった『LiCoCo《リココ》』をかかげた。

「デビューから見《み》てきたから、自分《じぶん》のことみたいにうれしいなー」

「真帆《まほ》ってば、そういうこと言《い》われると泣《な》いちゃうから、ダメ」

「泣《な》かないで……って、ゆず、ほんとに涙出《なみだで》ちゃってる！」

柚月《ゆずき》は、小学五年生《しょうがくごねんせい》で読者《読》モデ《モ》ルデビュー。

同世代《どうせだい》の女子《じょし》にかぎってだけど、すこしずつ顔《かお》も知《し》られるようになってきた。

でも、三年目《さんねんめ》での単独表紙《たんどくひょうし》デビューは、どちらかというとおそいほう。

読者《読》モデ《モ》ルデビューが早《はや》かったからだってみんなは言《い》ってくれるけど、やっぱり自《じ》分《ぶん》では気《き》にしてしまう。

「私《わたし》が表紙《ひょうし》になったせいで、雑誌《ざっし》が売《う》れなかったらどうしよう」

「もう、ゆずってば。もっと自信《じしん》もっていいのに」

「他《ほか》の子《こ》たちは、ＳＮＳ《エスエヌエス》やったり動画配信《どうがはいしん》したりして、がんばってるのに……私《わたし》はどれも、ダメだったから」

いまの時代《じだい》、ＳＮＳ《エスエヌエス》でアピールできない読《どく》モなんて、ほとんど認知《にんち》されない。

みんなが当《あ》たり前《まえ》のようにやっていることをやらずに、人気《にんき》が出《で》るはずはなかった。

「ゆずは、自己《じこ》アピールとか苦手《にがて》なほうだしね」

「真帆《まほ》はほんと、私《わたし》のことよくわかってくれてる……」

過去《かこ》の出来事《できごと》がきっかけで、柚月《ゆずき》はどちらかというと、内気《うちき》でネガティブな性格《せいかく》だった。

仕事《しごと》を始《はじ》めたのも、そんな性格《せいかく》を変《か》えたかったから。

始《はじ》めてみて、よくわかった。仕事《しごと》は楽《たの》しいけど、性格《せいかく》は簡単《かんたん》には変《か》えられないって。

「でも最近《さいきん》は、演技《えんぎ》レッスンもがんばってるんでしょ？」

「うん。そっちは、楽《たの》しい。いまオーディションも受《う》けてて……」

すると、教室《きょうしつ》の外《そと》から、女子生徒《じょしせいと》たちのにぎやかな声《こえ》が聞《き》こえてきた。

「泉《いずみ》、おはよー！」

「今日《きょう》も仕事《しごと》だったのー？」

となりのクラスの泉《いずみ》絢斗《あやと》が、登校《とうこう》してきたみたいだ。

「早朝《そうちょう》ロケ。撮影《さつえい》が長引《ながび》いて遅刻《ちこく》したんだ」

「またドラマ!?」

「今日《きょう》は、グループの撮影《さつえい》」

絢斗《あやと》は、柚月《ゆずき》の小学校《しょうがっこう》からの同級生《どうきゅうせい》。

もともと劇団《げきだん》に入《はい》っていて、六年生《ろくねんせい》のときにアイドルグループに加入《かにゅう》。

朝《あさ》ドラに子役《こやく》として出演《しゅつえん》したことで、一躍有名《いちやくゆうめい》になった。

「すごいよね。小中学校《しょうちゅうがっこう》の同級生《どうきゅうせい》に、二人《ふたり》も芸能人《げいのうじん》がいるなんて」

「わ、私《わたし》は芸能人《げいのうじん》ってレベルじゃないから」

柚月《ゆずき》はほぼ素人《しろうと》の読者《どくしゃ》モデルだけど、天音社長《あまねしゃちょう》が開《ひら》いた小《ちい》さな芸能事務所《げいのうじむしょ》に所属《しょぞく》している。……とはいっても、人気《にんき》も認知度《にんちど》も、柚月《ゆずき》と絢斗《あやと》では比《くら》べものにならない。

現《げん》に、中学《ちゅうがく》に入《はい》ってからは絢斗《あやと》とまったく会話《かいわ》をしていない。

きっと絢斗《あやと》は、小中学校《しょうちゅうがっこう》の同級生《どうきゅうせい》が同《おな》じ業界《ぎょうかい》にいることすら知《し》らないんだろうと、柚月《ゆずき》は思《おも》っていた。


その日《ひ》の放課後《ほうかご》。

柚月《ゆずき》が事務所《じむしょ》に着《つ》くなり、社長《しゃちょう》の天音《あまね》がいきおいよく柚月《ゆずき》に抱《だ》きついてきた。

「合格《ごうかく》よ！　合格《ごうかく》！！！」

「え、な、なに!?」

「ドラマ！　オーディション、受《う》かったの！」

天音《あまね》は鼻息《はないき》あらく、ドラマの企画書《きかくしょ》を振《ふ》り回《まわ》した。

ドラマのタイトルは、『ブルー・センチメンタル』――一九九〇年代《せんきゅうひゃくきゅうじゅうねんだい》に大《だい》ヒットしたマンガを、現代版《げんだいばん》にリメイクして実写化《じっしゃか》……というコンセプト。

「柚月《ゆずき》の配役《はいやく》は、メインキャストの少女時代《しょうじょじだい》よ」

「メ、メインキャスト……！」

「もともとオーディションで別《べつ》の子《こ》がヒロインとして内定《ないてい》してたんだけど、その子《こ》がスキャンダルで降板《こうばん》になって……」

事務所《じむしょ》の会議室《かいぎしつ》で熱《あつ》く語《かた》る天音《あまね》。対照的《たいしょうてき》に、柚月《ゆずき》は実感《じっかん》がなさすぎて、うすいリアクションしかできなかった。

マンガの実写化《じっしゃか》というだけでハードルが高《たか》いのに、代役《だいやく》だなんて……。

「天音《あまね》さん、それ、私《わたし》につとまりますか……？」

「つとまる！　大丈夫《だいじょうぶ》よ！」

根拠《こんきょ》のない自信《じしん》は、天音《あまね》の得意技《とくいわざ》。柚月《ゆずき》は困《こま》ったように眉《まゆ》を下《さ》げ、ドラマの企画書《きかくしょ》に目《め》をやった。

そこで見《み》つけた名前《なまえ》に、柚月《ゆずき》ははっと息《いき》をのむ。

「いず……み……」

メインキャストの少年時代《しょうねんじだい》の配役《はいやく》に書《か》かれていた名前《なまえ》は、【泉《いずみ》 絢斗《あやと》】——

「ま、待《ま》って！　いっ、泉《いずみ》くんが……相手役《あいてやく》ってこと……!?」

「そういうこと。ヤッター！」

柚月《ゆずき》は、ぐるぐるとめまいがした。

「それでね、実《じつ》は……ドラマの中《なか》で、泉《いずみ》くんとの——」

さらに続《つづ》く天音《あまね》の言葉《ことば》に、柚月《ゆずき》はそのまま、気《き》を失《うしな》いそうになった。

◆◆◆

オーディション合格《ごうかく》のしらせから一週間後《いっしゅうかんご》、学校《がっこう》は冬休《ふゆやす》みに突入《とつにゅう》した。

今日《きょう》は、テレビ局《きょく》で台本読《ホンよ》みが行《おこな》われる。

台本読《ホンよ》みとは、出演者《しゅつえんしゃ》が集《あつ》まって台本《だいほん》のセリフを読《よ》み合《あ》わせること。本格的《ほんかくてき》な撮影《さつえい》に入《はい》る前《まえ》の、準備《じゅんび》のようなものだ。

柚月以外《ゆずきいがい》の出演者《しゅつえんしゃ》は、すでに顔合《かおあ》わせ済《ず》み。急《きゅう》に代役《だいやく》に決《き》まった柚月《ゆずき》だけ、どの出《しゅつ》演者《えんしゃ》とも会《あ》っていなかった。

「ヒナの少女時代役《しょうじょじだいやく》の逢坂《おうさか》柚月《ゆずき》です。よろしくお願《ねが》いします！」

事務所社長《じむしょしゃちょう》の天音《あまね》と一緒《いっしょ》に、大御所《おおごしょ》の出演者《しゅつえんしゃ》から順《じゅん》に、あいさつ回《まわ》りをする。

「急《きゅう》な代役《だいやく》ってことで大変《たいへん》だろうけど、がんばって」

と、やさしく気遣《きづか》ってくれる出演者《しゅつえんしゃ》もいれば、

「話題作《わだいづく》りのキャスティングかな？　まぁ、がんばって！」

と、冷《ひ》ややかな返事《へんじ》をくれる出演者《しゅつえんしゃ》もいた。

(実際《じっさい》、話題作《わだいづく》りの意味《いみ》もあるんだろうから、しかたない)

今回《こんかい》のドラマのメインキャラであるハルとヒナは、中学《ちゅうがく》の元同級生《もとどうきゅうせい》。

今回《こんかい》は、その中学時代《ちゅうがくじだい》を演《えん》じるのが、『本当《ほんとう》に同《おな》じ中学《ちゅうがく》の同級生《どうきゅうせい》』である絢斗《あやと》と柚月《ゆずき》ということになる。たしかに、話題性《わだいせい》はばつぐんだ。

「逢坂《おうさか》さん」

「泉《いずみ》くん」

あいさつ回《まわ》りの途中《とちゅう》で、柚月《ゆずき》は絢斗《あやと》とすれちがった。

「今回《こんかい》は、よろしくお願《ねが》いします」

「こちらこそ……よろしくお願《ねが》いします」

絢斗《あやと》のあいさつに、柚月《ゆずき》が返《かえ》す。中学《ちゅうがく》に入《はい》ってから、はじめて言葉《ことば》を交《か》わした。

よそよそしい二人《ふたり》のあいさつに、周囲《しゅうい》の大人《おとな》たちは不安《ふあん》に思《おも》った様子《ようす》だった。


それから一週間《いっしゅうかん》もたたず、ドラマのキャストが発表《はっぴょう》された。

「ね、ね！　二人《ふたり》はもうリハーサルとか、やったの？」

「まだ、台本《だいほん》の読《よ》み合《あ》わせをしただけだよ」

キャストが発表《はっぴょう》されてからというもの、学校中《がっこうじゅう》がドラマの話題《わだい》でもちきりだった。

体育《たいいく》の時間《じかん》は、とくにすごかった。

体育《たいいく》の授業《じゅぎょう》は、絢斗《あやと》のクラスとの合同授業《ごうどうじゅぎょう》になる。体育館《たいいくかん》に座《すわ》って先生《せんせい》が来《く》るのを待《ま》っているあいだも、柚月《ゆずき》と絢斗《あやと》はそれぞれ同級生《どうきゅうせい》たちに絡《から》まれていた。

「あのマンガが原作《げんさく》ってことは、逢坂《おうさか》さんと泉《いずみ》くん……キスするの!?」

「いや、あ、ど、どうかなぁ～……？」

そう。原作《げんさく》となるマンガには、中学時代《ちゅうがくじだい》のストーリーでキスシーンがある。

そして、今回《こんかい》の台本《だいほん》にも――絢斗《ハル》と柚月《ヒナ》のキスシーンが書《か》かれてあった。

ト書《が》き（人物《じんぶつ》の動作《どうさ》など、演技《えんぎ》を指示《しじ》する書《か》き込《こ》みのこと）には『キスをする』と書《か》かれてはいるものの、それ以上《いじょう》の細《こま》かい指示《しじ》は書《か》かれていなかったから……

（本当《ほんとう》に……するのかな）

想像《そうぞう》するだけで恥《は》ずかしくなって、柚月《ゆずき》は体育座《たいいくずわ》りのまま、ひざに顔《かお》をうずめた。

「キスシーンとか、ヤバくね!? 同級生《どうきゅうせい》なのにな～」

「えっろいな～！ うらやましいぜ、泉《いずみ》！」

絢斗《あやと》のクラスのほうからも、絢斗《あやと》を茶化《ちゃか》す男子《だんし》たちの声《こえ》が聞《き》こえる。

絢斗《あやと》がなにか言《い》い返《かえ》していたけれど、柚月《ゆずき》にはその声《こえ》は聞《き》こえなかった。

（そうだよね。お仕事《しごと》とはいえ、同級生《どうきゅうせい》とキスするなんて……）

考《かんが》えるとどんどんゆううつになって、柚月《ゆずき》はその場《ば》から逃《に》げ出《だ》したくなった。

——絢斗《あやと》は、小学五年生《しょうがくごねんせい》の終《お》わり頃《ごろ》に、同《おな》じクラスに転校《てんこう》してきた。

昔《むかし》は同《おな》じ校区内《こうくない》に住《す》んでいたけれど、小学校《しょうがっこう》に上《あ》がる前《まえ》に引《ひ》っ越《こ》したらしい。そして家《いえ》の事情《じじょう》でまたこの地域《ちいき》に戻《もど》ってきたと、ウワサで聞《き》いた。

クラスメイトとして話《はな》したことはあるけれど、深《ふか》い関《かか》わりはなかった。

絢斗《あやと》は転校当初《てんこうとうしょ》から女子《じょし》の人気《にんき》の的《まと》だったので、必要以上《ひつよういじょう》に近寄《ちかよ》らないようにしていたのもある。

「泉《いずみ》、シュート！」

コート内《ない》でバスケットボールのパスを受《う》け取《と》り、絢斗《あやと》がゴールを決《き》めた。

女《おんな》の子《こ》たちが、黄色《きいろ》い歓声《かんせい》をあげる。

（アイドルで演技《えんぎ》もできて、顔《かお》もよくてスポーツ万能《ばんのう》で……）

完璧《かんぺき》ともいえる同級生《どうきゅうせい》との、キスシーン。

その相手役《あいてやく》は、知名度《ちめいど》もそこそこの読者《どくしゃ》モデルで、演技《えんぎ》の経験《けいけん》もない、柚月《ゆずき》。

相手役《あいてやく》としては、あまりにも不釣《ふつ》りあいで。考《かんが》えれば考《かんが》えるほど、柚月《ゆずき》の気持《きも》ちはしずんでいった。

◆◆◆

一月《いちがつ》に入《はい》ると、撮影《さつえい》に向《む》けて本格的《ほんかくてき》な準備《じゅんび》が始《はじ》まった。

柚月《ゆずき》と絢斗《あやと》が出演《しゅつえん》するシーンは、一月《いちがつ》から三月中旬《さんがつちゅうじゅん》にかけて撮影《さつえい》が行《おこな》われる。

テスト期間《きかん》に重《かさ》ならずに撮影《さつえい》ができるように、現場《げんば》のスタッフが調整《ちょうせい》してくれた。

「先生《せんせい》、美術室《びじゅつしつ》でちょっと寝《ね》かせて……」

柚月《ゆずき》は昨日《きのう》の夜《よる》おそくまで、台本《だいほん》を読《よ》みこんでいた。

仮眠《かみん》をとらないと帰《かえ》り道《みち》で倒《たお》れそうな気《き》がして、授業《じゅぎょう》おわりに美術室《びじゅつしつ》に立《た》ち寄《よ》った。

「あらあら。保健室《ほけんしつ》で寝《ね》かせてもらったら？」

「保健室《ほけんしつ》、好《す》きじゃないから」

「いつも思《おも》うけど、よくこんな硬《かた》い椅子《いす》の上《うえ》で寝《ね》られるわねぇ……」

とうとう明日《あした》、柚月《ゆずき》はクランクインとなる。

スタジオを借《か》りるスケジュールの関係《かんけい》で、なんと初日《しょにち》にキスシーンの撮影《さつえい》が行《おこな》われることになっていた。

「ドラマが決《き》まって、やっぱり大変《たいへん》？」

「身体《からだ》よりも、気持《きも》ちが疲《つか》れてる、かも」

ゆううつに、ゆううつが重《かさ》なっていた。先生《せんせい》が、柚月《ゆずき》を気遣《きづか》いながら言《い》う。

「いつでも美術室《びじゅつしつ》においで。話《はなし》聞《き》くことしか、できないけど」

柚月《ゆずき》は美術部《びじゅつぶ》に所属《しょぞく》していた。友達《ともだち》に誘《さそ》われて入部《にゅうぶ》しただけ、だけど。

週一回《しゅういっかい》の集《あつ》まり以外《いがい》は、自由《じゆう》。今日《きょう》は部員《ぶいん》はだれも来《き》ていない。

顧問《こもん》の先生《せんせい》のことは好《す》きだから、柚月《ゆずき》は時々《ときどき》こうやって美術室《びじゅつしつ》に来《き》ている。

「先生《せんせい》、これから職員会議《しょくいんかいぎ》なの。帰《かえ》るときは、ひと声《こえ》かけてね」

「たぶん、先生《せんせい》が戻《もど》ってくるまでここで寝《ね》てる……」

「ハイハイ。本当《ほんとう》につらいなら、早《はや》く帰《かえ》って寝《ね》たほうがいいわよ」

柚月《ゆずき》は教室《きょうしつ》のすみに椅子《いす》を並《なら》べて、ブランケットを敷《し》き、その上《うえ》に横《よこ》になる。

（明日《あした》が来《こ》なければいいのに……）

先生《せんせい》が扉《とびら》を閉《し》める音《おと》を聞《き》きながら、柚月《ゆずき》は目《め》を閉《と》じた。

台本《だいほん》を持《も》ってきてはいたけど、開《ひら》く気《き》にはなれなかった。

台本《だいほん》は穴《あな》があくほど読《よ》みこんだ。あと足《た》りないのは、心《こころ》の準備《じゅんび》だけ。

（ネットとかですごく叩《たた》かれたら、どうしよう。それに、もし撮影《さつえい》がうまくいかなかったら、役《やく》を降《お》ろされるかもしれない）

普段《ふだん》から、エゴサーチはしないようにしているけど、最近《さいきん》は特《とく》にドラマに関《かん》する記事《きじ》すら見《み》るのがこわくて、テレビもネットも、SNS《エスエヌエス》も見《み》ずに過《す》ごしていた。それでも……

——『やっぱり読《どく》モに役者《やくしゃ》はつとまらない』——

——『泉《いずみ》くんの相手役《あいてやく》なのに下手《へた》くそ』——

……そんなふうに、自分《じぶん》を叩《たた》く言葉《ことば》ばかりが頭《あたま》に浮《う》かぶ。

『LiCoCo《リココ》』の単独表紙《たんどくひょうし》デビューのときよりも、ずっとプレッシャーを感《かん》じていた。

(やるだけやって……ダメならもう、引退《いんたい》しよう)

そう思《おも》わないと、プレッシャーに押《お》しつぶされて破裂《はれつ》しそうだった。

思《おも》ったほど身長《しんちょう》も伸《の》びなくて、モデルとしてやっていけるのも、せいぜいあと二《に》、三年《さんねん》。

演技《えんぎ》もダメならいさぎよく引退《いんたい》しようと、柚月《ゆずき》はあらためて心《こころ》に決《き》めた。


物音《ものおと》がして、うっすら目《め》を開《あ》ける。

椅子《いす》の上《うえ》で、いつのまにか眠《ねむ》っていたみたいだ。

(先生《せんせい》、戻《もど》ってきたのかな……)

窓《まど》の外《そと》は、少《すこ》し日《ひ》がかげっている。

ぼんやりしたまま、物音《ものおと》がしたほうに目《め》をやる。

なぜか美術室《びじゅつしつ》のすみに、絢斗《あやと》がいた。
（泉《いずみ》……くん……？）
絢斗《あやと》は椅子《いす》に座《すわ》り、ボソボソとなにかをつぶやきながら、真剣《しんけん》な表情《ひょうじょう》をしている。
夢《ゆめ》かなと、寝《ね》ぼけた頭《あたま》のまま柚月《ゆずき》は考《かんが》える。
（泉《いずみ》くんが夢《ゆめ》に出《で》てくるほど不安《ふあん》ってことかな。いよいよヤバいな、私《わたし》……）
柚月《ゆずき》はそんな自分《じぶん》にあきれてしまった。
西日《にしび》を浴《あ》びた絢斗《あやと》の横顔《よこがお》があまりにもキレイで、柚月《ゆずき》は夢《ゆめ》うつつでその姿《すがた》を眺《なが》める。
（泉《いずみ》くん、石膏像《せっこうぞう》に……話《はな》しかけてる……？　ほんと、変《へん》な夢《ゆめ》……）
絢斗《あやと》が向《む》かい合《あ》っているのは、美術《びじゅつ》のデッサンで使《つか》う石膏像《せっこうぞう》。
ヴィーナスかなにか、女《おんな》の人《ひと》の姿《すがた》をしている。
「…………だけは、ほんとの俺《おれ》を見《み》てろよ」
聞《き》こえた声《こえ》は、ドラマの台本《だいほん》にあったセリフだった。
すると、絢斗《あやと》が身《み》を乗《の》りだした。
夕日《ゆうひ》を浴《あ》びた絢斗《あやと》の横顔《よこがお》が、白《しろ》い石膏像《せっこうぞう》に重《かさ》なる。
「え………」

なんと、絢斗《あやと》は石膏像《せっこうぞう》に——キスをしたのだ。

おどろきのあまり、柚月《ゆずき》は思《おも》わず声《こえ》を漏《も》らしてしまった。

絢斗《あやと》はバッと石膏像《せっこうぞう》からくちびるを離《はな》し、柚月《ゆずき》のほうを振《ふ》り返《かえ》る。

「お……逢坂《おうさか》……！」

絢斗《あやと》は柚月《ゆずき》がいることに、まったく気《き》づいていなかったようだ。

柚月《ゆずき》はようやく、これが夢《ゆめ》ではないことに気《き》がついた。

柚月《ゆずき》はすこし顔《かお》をもたげたまま固《かた》まり、動《うご》けない。

「ご……ごめん……」

ようやくしぼりだした声《こえ》で、柚月《ゆずき》は謝《あやま》った。

見《み》てはいけないものを見《み》てしまったことだけは、柚月《ゆずき》にも理解《りかい》できた。

「な、な、なっ……なんでっ…………！」

「え、と……一応《いちおう》私《わたし》、美術部員《びじゅつぶいん》で……ちょっと、仮眠《かみん》、してて……」

二人《ふたり》とも、この上《うえ》なく混乱《こんらん》していた。絢斗《あやと》の顔《かお》は真《ま》っ赤《か》で、声《こえ》はうわずっていた。

絢斗《あやと》はだれもいないと思《おも》って、美術室《びじゅつしつ》に入《はい》ってきたんだろう。

机《つくえ》のかげになって、柚月《ゆずき》がいることに気《き》づかなかったみたいだ。

「よりによって……逢坂《おうさか》に…………！」

「あの、ほんと……ごめんね」

「うわー、ほんとムリ……！　時間《じかん》よ戻《もど》れ時間《じかん》よ戻《もど》れ時間《じかん》よ戻《もど》れ……」

「…………」

両手《りょうて》で顔《かお》をおおい、絢斗《あやと》は念《ねん》じる。残酷《ざんこく》なことに、時間《じかん》が戻《もど》ることはなかった。

そこで柚月《ゆずき》はようやく、気《き》がついた。

「いまのって、もしかして……練習《れんしゅう》？」

絢斗《あやと》は耳《みみ》まで真《ま》っ赤《か》にして、両手《りょうて》で顔《かお》を隠《かく》したままコクンとうなずいた。

◆◆◆

「恥《は》ずかしすぎて死《し》にそう……」

絢斗《あやと》はすこしずつ、落《お》ち着《つ》きを取《と》り戻《もど》した。あいかわらず、耳《みみ》まで真《ま》っ赤《か》だった。

「大丈夫《だいじょうぶ》。私《わたし》も……同《おな》じ気持《きも》ちだし」

むしろ柚月《ゆずき》は、こんなふうに緊張《きんちょう》して不安《ふあん》に思《おも》っているのが自分《じぶん》だけじゃないとわかって、うれしかった。

絢斗《あやと》はちらりと柚月《ゆずき》に視線《しせん》を向《む》ける。けれど、ふたたび目《め》をそむけて向《む》こうを向《む》いてしまう。

「だ、だれにも言《い》わないでね」

「言《い》わないよ、絶対《ぜったい》」

柚月《ゆずき》が答《こた》えると、絢斗《あやと》はハァ、とひとつ息《いき》を吐《は》いた。

「まさか……逢坂《おうさか》が相手役《あいてやく》になるなんて思《おも》わなかったんだよ」

「私《わたし》、オーディションいくつも受《う》けてて……私《わたし》も泉《いずみ》くんが出《で》るとは、知《し》らなかったの」

言《い》いながら柚月《ゆずき》は、またネガティブ思考《しこう》になってしまう。

「選《えら》ばれたのはきっと、話題作《わだいづく》り、だよね。同《おな》じ中学《ちゅうがく》だからってさ」

「え？　あぁ、それもなくはないだろうけど」

絢斗《あやと》は困《こま》ったように頭《あたま》をかいて、肩《かた》をすくめた。

「でも、あの監督《かんとく》がそれだけで決《き》めることはないと思《おも》う。ちゃんとオーディションの演技《えんぎ》を見《み》て……逢坂《おうさか》は選《えら》ばれたんだよ」

絢斗《あやと》のまっすぐな言葉《ことば》が、柚月《ゆずき》の胸《むね》にじんわりとしみた。

「俺《おれ》、明日《あした》……リハーサルすら失敗《しっぱい》しそうな気《き》がして。練習《れんしゅう》……しにきたんだ」

絢斗《あやと》はあいかわらず柚月《ゆずき》とは視線《しせん》を合《あ》わせないまま、言《い》った。

「泉《いずみ》くんほど演技《えんぎ》の経験《けいけん》があっても、緊張《きんちょう》するんだ」

「経験《けいけん》あるって言《い》ったってほとんど舞台《ぶたい》だもん。ドラマもメインキャストの経験《けいけん》はないし、……キスシーンは、初《はじ》めてだし」

不安《ふあん》げにそう言《い》いながらも、絢斗《あやと》はくちびるをかんで顔《かお》を上《あ》げた。

「俺《おれ》、この先《さき》も役者《やくしゃ》メインでやりたいからさ。そのためには今回《こんかい》、どうしても失敗《しっぱい》できないんだ」

真剣《しんけん》な表情《ひょうじょう》で語《かた》る、絢斗《あやと》。

『失敗《しっぱい》したら引退《いんたい》しよう』なんて甘《あま》く考《かんが》えていた自分《じぶん》が恥《は》ずかしくて、柚月《ゆずき》は申《もう》し訳《わけ》ない気持《きも》ちになった。

「キスのシーンって……いまみたいな、夕暮《ゆうぐ》れのシーンだったっけ」

柚月《ゆずき》は台本《だいほん》を胸《むね》に抱《だ》いたまま、窓《まど》から差《さ》しこむオレンジ色《いろ》の光《ひかり》に目《め》をやる。

「そう。体育倉庫《たいいくそうこ》に閉《と》じこめられる場面《ばめん》……だったな」

シチュエーションは、ばっちりだった。夕暮《ゆうぐ》れ時《どき》、人気《ひとけ》のない場所《ばしょ》。

そして、二人《ふたり》同時《どうじ》に声《こえ》を上《あ》げた。

「あの!」「あの!」

二人《ふたり》とも、考《かんが》えていることは同《おな》じだった。

「リハーサル……しておこうか」

「……うん」

絢斗《あやと》の言葉《ことば》に、柚月《ゆずき》もうなずきながら答《こた》えた。

◆◆◆

「『……ハル、もうケンカはやめよう? みんな、ハルのこと誤解《ごかい》して……』」

「『ヒナが俺《おれ》のことわかってりゃ、十分《じゅうぶん》だ』」

絢斗《あやと》は、柚月《ゆずき》の頬《ほお》に手《て》をそえた。

「『ヒナだけは、ほんとの俺《おれ》を見《み》てろよ』」

そう言《い》いながら、絢斗《あやと》は柚月《ゆずき》に顔《かお》を近《ちか》づける。

あとすこしでくちびるに触《ふ》れる、というところで、絢斗《あやと》の動《うご》きが止《と》まった。

「………っ、やっぱ、ムリ……！」

絢斗《あやと》はこぶしを握《にぎ》り、うつむいてしまった。

あれから何度《なんど》か試《ため》しているけれど、肝心《かんじん》のキスシーンはできないままだった。

「不良役《ふりょうやく》なんて自分《じぶん》と正反対《せいはんたい》すぎるし、相手《あいて》が逢坂《おうさか》って思《おも》うとなおさら……」

絢斗《あやと》の言葉《ことば》に、柚月《ゆずき》はズキンと胸《むね》が痛《いた》んだ。

柚月《ゆずき》の表情《ひょうじょう》がゆれたことに気《き》づいたのか、絢斗《あやと》はあわてた様子《ようす》で言《い》う。

「……って、そうじゃない。ごめん、逢坂《おうさか》が悪《わる》いわけじゃないのに」

絢斗《あやと》はなんとかごまかしたものの、柚月《ゆずき》はふるふると首《くび》を横《よこ》に振《ふ》った。

「ちがうの。私《わたし》こそ……ぜんぜん自信《じしん》なくて。明日《あした》が来《こ》なきゃいいのにって、思《おも》ってた。ダメだったらもうモデルも引退《いんたい》しようって、そんな投《な》げやりな気持《きも》ちで……」

話《はな》しながら柚月《ゆずき》の目《め》から、涙《なみだ》がこぼれそうになる。

絢斗《あやと》に迷惑《めいわく》をかけるかもしれないと思《おも》うと、ますます苦《くる》しくなってしまった。

「……私《わたし》が相手役《あいてやく》だと、本当《ほんとう》に泉《いずみ》くんを失敗《しっぱい》させちゃうかもしれない」

「逢坂《おうさか》、そんなこと心配《しんぱい》しなくていい」

「でも……」

絢斗《あやと》は首《くび》を横《よこ》に振《ふ》りながら、申《もう》し訳《わけ》なさそうに柚月《ゆずき》の肩《かた》に手《て》を置《お》いた。

絢斗《あやと》を困《こま》らせていることに気《き》づき、柚月《ゆずき》はさらに眉《まゆ》を下《さ》げた。うつむきながら、自《じ》分《ぶん》の暗《くら》い感情《かんじょう》にふたをする。

「引退《いんたい》って……なんで？」

絢斗《あやと》の質問《しつもん》に、柚月《ゆずき》はうつむいたまま答《こた》える。

「モデルの仕事《しごと》は楽《たの》しいけど……私《わたし》、ほかのことは全然《ぜんぜん》ダメで。……なんとかしなきゃって演技《えんぎ》のレッスン始《はじ》めて、どんな役《やく》でもがんばるって思《おも》ってたのに……」

代役《だいやく》だから。本業《ほんぎょう》じゃないから。相手役《あいてやく》が同級生《どうきゅうせい》だから。

そんなふうにいいわけを並《なら》べて、うまくいかなかったら辞《や》めようだなんて。

「なんの覚悟《かくご》もできてなくて……中途半端《ちゅうとはんぱ》な自分《じぶん》が、いやになる」

こぼれそうな涙《なみだ》を、必死《ひっし》にこらえた。

明日《あした》一緒《いっしょ》に撮影《さつえい》をする相手《あいて》に、こんな弱音《よわね》を吐《は》いている自分《じぶん》にも嫌気《いやけ》がさす。

しかし、絢斗《あやと》はやさしい笑顔《えがお》を浮《う》かべ、ひかえめに柚月《ゆずき》の頭《あたま》をなでた。

「逢坂《おうさか》は、中途半端《ちゅうとはんぱ》なんかじゃない。中途半端《ちゅうとはんぱ》なヤツが、三年《さんねん》もモデル続《つづ》けられないよ」

絢斗《あやと》の言葉《ことば》に、柚月《ゆずき》はおどろいて顔《かお》を上《あ》げた。

「私《わたし》がモデルやってるの、知《し》ってたの……？」

「当《あ》たり前《まえ》じゃん。逢坂《おうさか》ががんばってるの……デビューしたときから、ずっと見《み》てたよ」

当然《とうぜん》のことのように絢斗《あやと》が言《い》うので、柚月《ゆずき》は言葉《ことば》を返《かえ》せなかった。

「同《おな》じ業界《ぎょうかい》に入《はい》ったからこそ、続《つづ》けるのがどれだけ大変《たいへん》かはわかる。だから俺《おれ》は、逢《おう》坂《さか》のこと、すごいって思《おも》ってるよ」

柚月《ゆずき》はとうとうがまんできなくなって、泣《な》きだしてしまった。

心《こころ》を締《し》めつけていたものが、ゆるんでいくのを感《かん》じた。

たまっていたものを吐《は》き出《だ》すように、柚月《ゆずき》はしばらく泣《な》き続《つづ》けた。

絢斗《あやと》はだまったまま、柚月《ゆずき》の頭《あたま》をなでてくれた。

「明日《あした》、撮影《さつえい》なのにごめんね」

「いや……すこし、落《お》ち着《つ》いた？」

「うん。……だいぶ、すっきりした」

柚月《ゆずき》は顔《かお》を上《あ》げ、ふう、とひとつ息《いき》を吐《は》いた。

落《お》ち着《つ》いた様子《ようす》の柚月《ゆずき》を見《み》て、絢斗《あやと》も安心《あんしん》したように笑《わら》う。

「俺《おれ》も今回《こんかい》、いっぱいいっぱいで……逢坂《おうさか》がそんなに不安《ふあん》になってるって気《き》づかなくて。ほんとごめんな。ちゃんと、撮影前《さつえいまえ》に話《はな》せてよかった」

こんなにやさしく笑《わら》う人《ひと》だったんだ、と柚月《ゆずき》は思《おも》う。

小学生時代《しょうがくせいじだい》の絢斗《あやと》は、すこし近寄《ちかよ》りがたい存在《そんざい》だった。

だけど、こうして話《はな》してみると、やさしくて、大人《おとな》っぽいところもあって。柚月《ゆずき》が想像《そうぞう》していた絢斗《あやと》とは、まったくちがっていた。

「明日《あした》、できそう？　スケジュール変《か》えてもらえないか、たのんでみる？」

絢斗《あやと》の言葉《ことば》に、柚月《ゆずき》は首《くび》を横《よこ》に振《ふ》る。

「……ううん、大丈夫《だいじょうぶ》。やる」

絢斗《あやと》のおかげで、柚月《ゆずき》の不安《ふあん》と緊張《きんちょう》はだいぶやわらいでいた。

「えらいな。むしろ俺《おれ》のほうが、覚悟《かくご》決《き》まってないのかもな」

絢斗《あやと》は言《い》いながら、困《こま》ったように笑《わら》った。

今回《こんかい》のキスシーンは、絢斗《ハル》から柚月《ヒナ》へのキス。

待《ま》っているだけの柚月《ゆずき》に比《くら》べれば、絢斗《あやと》のプレッシャーははるかに大《おお》きいはず。

「私《わたし》、小学生《しょうがくせい》のときのね、泉《いずみ》くんの演技《えんぎ》……観《み》たことあるの」

「あー……小五《しょうご》のときの舞台《ぶたい》だろ？　観《み》に来《き》てたの、知《し》ってるよ」

「え、そうなの？」

柚月《ゆずき》が言《い》っているのは、五年生《ごねんせい》のときに絢斗《あやと》が初《はじ》めて出演《しゅつえん》した舞台《ぶたい》のことだった。

絢斗《あやと》はその舞台《ぶたい》を柚月《ゆずき》が観《み》に来《き》ていたのを、知《し》っていた。

「ストリートキッズの役《やく》で、すごく上手《じょうず》だった。いつもの泉《いずみ》くんとは全然《ぜんぜん》ちがうって思《おも》ったの」

「そんなこと、覚《おぼ》えてくれてたんだ」

「記憶《きおく》に残《のこ》るくらい、よかったってことだよ」

今回《こんかい》のドラマで絢斗《あやと》が演《えん》じるハルは、ケンカばかりしている不良《ふりょう》の役《やく》。役《やく》の雰囲気《ふんいき》は、絢斗《あやと》が舞台《ぶたい》で演《えん》じていたストリートキッズに、近《ちか》い。

「ちょっと髪《かみ》、触《さわ》っていい？」

「え、なっ……」

柚月《ゆずき》は制服《せいふく》の胸《むね》ポケットから、くしを取《と》り出《だ》した。

絢斗《あやと》の髪《かみ》を後《うし》ろにとかし、前髪《まえがみ》を流《なが》すようにセットした。

「ほら。なんか……不良《ふりょう》っぽくなった」

柚月《ゆずき》は絢斗《あやと》に鏡《かがみ》を渡《わた》し、自分《じぶん》の姿《すがた》を見《み》せる。

「あとは、目《め》を細《ほそ》めて、眉間《みけん》にシワを寄《よ》せて……」

言《い》われるがまま、絢斗《あやと》は鏡《かがみ》に向《む》かって表情《ひょうじょう》をつくる。

「いい感《かん》じ、いい感《かん》じ」

「そう？」

「ちゃんと、カッコいい不良《ふりょう》になれてるよ」

絢斗《あやと》は、スイッチが入《はい》ったようだ。

「私《わたし》も、髪《かみ》おろすね」

今度《こんど》は柚月《ゆずき》が髪《かみ》ゴムを外《はず》し、結《むす》んでいた髪《かみ》をほどいた。

「少《すこ》しは『ヒナ』っぽくなった？」

「……うん。もう一回《いっかい》、やってみよ」

絢斗《あやと》の言葉《ことば》に、柚月《ゆずき》はまっすぐうなずいた。

『ヒナ。悪《わり》ぃな、巻《ま》き込《こ》んじまって』
絢斗《ハル》は壁《かべ》にもたれかかり、疲《つか》れきった表情《ひょうじょう》をつくる。
不良相手《ふりょうあいて》にケンカをして、柚月《ヒナ》と一緒《いっしょ》に体育倉庫《たいいくそうこ》に閉《と》じこめられた設定《せってい》だ。
『それより、ハルは？　ケガ、大丈夫《だいじょうぶ》なの!?』
『こんなの全然《ぜんぜん》、たいしたことねーよ』
弱々《よわよわ》しい絢斗《ハル》の声《こえ》に、柚月《ヒナ》の胸《むね》がしめつけられる。
『……ハル、もうケンカはやめよう？　みんな、ハルのこと誤解《ごかい》して……』
『ヒナが俺《おれ》のことわかってりゃ、十分《じゅうぶん》だ』
かすれた声《こえ》で言《い》い、絢斗《ハル》は柚月《ヒナ》の頬《ほお》に手《て》をそえた。
揺《ゆ》らいだ絢斗《あやと》の瞳《ひとみ》にとらえられて、柚月《ゆずき》の心臓《しんぞう》がどきりと跳《は》ねる。
潤《うる》んだ瞳《ひとみ》にほだされないよう、柚月《ゆずき》はヒナの表情《ひょうじょう》をつくる。
『ヒナだけは、ほんとの俺《おれ》を見《み》てろよ』
絢斗《ハル》は柚月《ヒナ》の首《くび》の後《うし》ろに手《て》を回《まわ》し、身体《からだ》を引《ひ》き寄《よ》せた。
そして、絢斗《ハル》は柚月《ヒナ》にキスをした。

――はじめて触《ふ》れたくちびるは、想像以上《そうぞういじょう》にやわらかくて、あたたかかった。

重《かさ》なりあうくちびるの感触《かんしょく》が、あまりにも鮮明《せんめい》で。演技《えんぎ》を続《つづ》けながらも、のぼせるような熱《ねつ》が全身《ぜんしん》に広《ひろ》がっていくのを感《かん》じる。

(キスって、こんなかんじなんだ)

絢斗《あやと》のなにもかもが、見《み》えてしまいそうな距離《きょり》。

とじたまぶたの白《しろ》さも、長《なが》いまつげの一本一本《いっぽんいっぽん》も。

くちびるを通《とお》して伝《つた》わる絢斗《あやと》の熱《ねつ》も、なんだかなまなましくて、やたらリアルで。

(呼吸《こきゅう》したら、息《いき》がかかっちゃう)

そんなくだらないことを考《かんが》えながら、息《いき》づかいが伝《つた》わらないよう、そっと空気《くうき》をとりこんだ。

数秒《すうびょう》たって、ようやく絢斗《あやと》はくちびるを離《はな》した。

数《すう》センチの距離《きょり》から絢斗《あやと》に見《み》つめられ、柚月《ゆずき》の身体《からだ》の熱《ねつ》がふたたび上《あ》がる。

「…………はっっっっっっず」

「はずかしい、ね」

全身《ぜんしん》が心臓《しんぞう》になったみたいに、ドキドキしていた。

体温《たいおん》が上《あ》がって、真夏《まなつ》のように汗《あせ》をかいている。

「でも……できたね」

「お、う。できたな」

おずおずと身体《からだ》を離《はな》し、すこしずつ互《たが》いに距離《きょり》をとった。

きまずい空気《くうき》に包《つつ》まれながら、絢斗《あやと》が口《くち》を開《ひら》く。

「現場《げんば》でも、できそうな気《き》がする。ありがとう」

「私《わたし》こそ……」

柚月《ゆずき》もお礼《れい》を言《い》おうとすると、美術室《びじゅつしつ》のドアが開《ひら》いた。

「あら！　まだいたの!?」

「え、あ、先生《せんせい》！　おかえり！」

先生《せんせい》の声《こえ》に、柚月《ゆずき》はあわてて立《た》ち上《あ》がった。

なんだか急《きゅう》に、いけないことをしていたような気持《きも》ちにおそわれる。

「あら泉《いずみ》くんも……って、そっか！　ドラマの練習《れんしゅう》してたのね」

先生《せんせい》が察《さっ》した様子《ようす》で言《い》うと、今度《こんど》は絢斗《あやと》が答《こた》えた。

「あー……はい。すみません、もう帰《かえ》ります」

「そうね。暗《くら》くなっちゃうから早《はや》く帰《かえ》りなさい」

先生《せんせい》に追《お》い立《た》てられながら、絢斗《あやと》と柚月《ゆずき》は美術室《びじゅつしつ》を出《で》た。


その夜《よる》も、柚月《ゆずき》はなかなか眠《ねむ》れなかった。

不安《ふあん》やプレッシャーもあったけれど、それ以上《いじょう》に、今日《きょう》の絢斗《あやと》とのキスを何度《なんど》も何《なん》度《ど》も思《おも》い出《だ》してしまっていた。

(あれは演技《えんぎ》、リハーサル、お仕事《しごと》……)

自分《じぶん》に必死《ひっし》に言《い》い聞《き》かせながら、日付《ひづけ》をまたぐ頃《ころ》ようやく眠《ねむ》りについた。

◆◆◆

翌日《よくじつ》。

「あ。今日《きょう》のキスシーンね、振りでいいからね」

現場《げんば》で監督《かんとく》から言《い》われた言葉《ことば》に、絢斗《あやと》と柚月《ゆずき》は固《かた》まった。

「あれ、マネージャーさんから聞《き》いてなかった？　泉《いずみ》くんの事務所《じむしょ》から、まだ中学生《ちゅうがくせい》だし本番《ほんばん》キスはNG《エヌジー》ってなってさぁ」

もうしちゃった、とは、言《い》えず。

「カメラワークでパァーーンと回《まわ》すから、顔近《かおちか》づけるだけでいいよ」

固《かた》まる二人《ふたり》をよそに、監督《かんとく》は身振《みぶ》り手振《てぶ》りで話《はなし》を続《つづ》ける。

「そ、そういう大事《だいじ》なことは言《い》っとけよ…………」

思《おも》わずぼやいた絢斗《あやと》に、天音《あまね》がからかうように声《こえ》をかける。

「なによ、うちのゆずとキスしたかったの？」

「…………っ！」

柚月《ゆずき》は思《おも》わずふきだしそうになるのを、なんとかこらえた。

監督《かんとく》の指示通《しじどお》り、キスシーンは振りで行《おこな》われた。

演技中《えんぎちゅう》にも笑《わら》ってしまいそうになるのを、絢斗《あやと》と柚月《ゆずき》はなんとかがまんした。

「いや～！　二人《ふたり》とも良《よ》かったよ！」

「初日《しょにち》なのに、息《いき》ピッタリでしたね！」

「初日《しょにち》から濃《こ》いシーンだったのになぁ、感心《かんしん》したよ。明日《あした》からもよろしくな！」

撮影後《さつえいご》の打《う》ち合《あ》わせで、監督《かんとく》と助監督《じょかんとく》からは高評価《こうひょうか》をもらった。

なんともいえない表情《ひょうじょう》で、絢斗《あやと》と柚月《ゆずき》はやり過《す》ごした。


「ほんと、なんだったんだよなぁ……」

撮影後《さつえいご》の打《う》ち合《あ》わせが終《お》わって、迎《むか》えの車《くるま》が来《く》るのを二人《ふたり》で待《ま》っていると、絢斗《あやと》がまたぼやく。

柚月《ゆずき》はがまんできなくなって、笑《わら》いだした。

「ふふっ……あはははっ！」

「マジ、笑《わら》えねーよ」

そう言《い》いながらも、絢斗《あやと》も笑《わら》っていた。

「なんか、緊張《きんちょう》してたの……ほぐれちゃった。勝手《かって》に悩《なや》んで私《わたし》たち、バカみたい」

「それな。まぁ、初日《しょにち》うまくいって良《よ》かったじゃん」

むだに緊張《きんちょう》していた自分《じぶん》たちがおかしくて、不安《ふあん》もプレッシャーもいつのまにか吹《ふ》き飛《と》んでいた。

(でも、キスは、しちゃったな)

しなければいけないキスと、しなくてもいいのにしてしまったキスとでは、意味合《いみあ》いがだいぶちがう。

「えっと、ごめんね。練習《れんしゅう》だけど……キス、しちゃって」

「俺《おれ》のほうこそ。……あれは二人《ふたり》だけの、ひみつな」

なんだか照《て》れくさくなって、柚月《ゆずき》は絢斗《あやと》の顔《かお》をうまく見《み》られなかった。

「……あのさ、いっこ、聞《き》いていい？」

「え、なに？」

絢斗《あやと》は言葉《ことば》をにごしながらも、思《おも》い切《き》った様子《ようす》で柚月《ゆずき》に尋《たず》ねる。

「逢坂《おうさか》さ、いま、彼氏《かれし》いる？」

「い、いないよ。今《いま》まで、いたことないよ」

「えっ!?」

柚月《ゆずき》が答《こた》えると、絢斗《あやと》はおどろいた様子《ようす》で聞《き》き返《かえ》した。

「ま、マジで……？」

「そんなに、おどろく？」

「いや、俺《おれ》、ずっと彼氏《かれし》いるんだって思《おも》いこんでて……」

「えっ」

思《おも》いがけない絢斗《あやと》の言葉《ことば》に、柚月《ゆずき》は目《め》を丸《まる》くした。

「な、なんで？」

柚月《ゆずき》が理由《りゆう》を聞《き》こうとすると、目《め》の前《まえ》に車《くるま》が停《と》まり、運転席《うんてんせき》から天音《あまね》が顔《かお》を出《だ》した。話《はなし》の途中《とちゅう》だったけれど、天音《あまね》を待《ま》たせるわけにもいかない。絢斗《あやと》に「行《い》くね」と声《こえ》をかけ、助手席《じょしゅせき》に乗《の》りこもうとすると。

「逢坂《おうさか》」

絢斗《あやと》が、柚月《ゆずき》の手《て》を引《ひ》いた。そして、真剣《しんけん》な表情《ひょうじょう》で、言《い》う。

「俺《おれ》はあれ、うれしかったから」

突然《とつぜん》のことに、柚月《ゆずき》の頭《あたま》には「？」がたくさん浮《う》かんでいた。

「それだけ。お疲《つか》れさま」

なぜかうれしそうにそう言《い》って、絢斗《あやと》はパッと柚月《ゆずき》の手《て》を放《はな》した。

「う、ん。お疲《つか》れ」

『あれ』ってなんだろう、と考《かんが》えながら、柚月《ゆずき》は絢斗《あやと》に手《て》を振《ふ》った。
天音《あまね》の車《くるま》に乗《の》りこみ、柚月《ゆずき》はもやもやと考《かんが》える。
(『あれ』ってもしかして……)
美術室《びじゅつしつ》での、『あれ』のこと？
うれしかったって、どういうこと？
うぬぼれてしまいそうな気持《きも》ちを、必死《ひっし》におさえる。
柚月《ゆずき》はまた、美術室《びじゅつしつ》での絢斗《あやと》とのキスを思《おも》い出《だ》していた。
恥《は》ずかしさをごまかすように、抱《だ》きしめたカバンに顔《かお》をうずめた。

## 02 キスシーン、追加《ついか》!?

クランクインの翌日《よくじつ》。学校《がっこう》の廊下《ろうか》で柚月《ゆずき》は、絢斗《あやと》とすれ違《ちが》った。

「昨日《きのう》はお疲《つか》れ」

「泉《いずみ》くんも、お疲《つか》れさま」

なんとなく照《て》れくさくて、柚月《ゆずき》は困《こま》ったような笑顔《えがお》を見《み》せた。

絢斗《あやと》はいたずらっぽく笑《わら》ったかと思《おも》うと、柚月《ゆずき》に耳打《みみう》ちをする。

「さっきの授業《じゅぎょう》、美術《びじゅつ》でさ」

「え、うん」

「石膏像《せっこうぞう》みるたび、思《おも》い出《だ》し笑《わら》いしそうだった」

思《おも》いがけない絢斗《あやと》の言葉《ことば》に、柚月《ゆずき》はふきだしてしまった。

「ぷはっ、やめてよ〜！」

「逢坂《おうさか》に早《はや》く言《い》いたくてたまんなかったの」

柚月《ゆずき》が笑《わら》うと、絢斗《あやと》もうれしそうに笑顔《えがお》を浮《う》かべた。

いままで関《かか》わりのなかった絢斗《あやと》とこうして自然《しぜん》に話《はな》せることが、素直《すなお》にうれしかった。けれど――

「え、あの子《こ》なんで泉《いずみ》くんとあんなに仲《なか》いいの？」

「なんか次《つぎ》のドラマで共演《きょうえん》するって……」

遠巻《とおま》きに見《み》ていた女子生徒《じょしせいと》たちの声《こえ》が、かすかに聞《き》こえた。

（そっか。こんなふうに私《わたし》が泉《いずみ》くんとしゃべるの……泉《いずみ》くんを好《す》きな子《こ》はいやだよね）

ドラマで共演《きょうえん》したくらいで、馴《な》れ馴《な》れしくしちゃいけない。

そう思《おも》った柚月《ゆずき》は、「ごめん、もう行《い》くね」と絢斗《あやと》に伝《つた》えて、その場《ば》を離《はな》れた。

クランクインからは、平日《へいじつ》は放課後毎日《ほうかごまいにち》、土日《どにち》は一日《いちにち》かけて撮影《さつえい》が行《おこな》われる。

三《さん》ヶ月《げつ》にわたり放送《ほうそう》されるドラマは、前半《ぜんはん》が中学生編《ちゅうがくせいへん》、後半《こうはん》は再会編《さいかいへん》となっている。

後半《こうはん》になると、大人《おとな》のキャストたちにバトンタッチする。

すこし変《か》わっているのが、放送《ほうそう》の形式《けいしき》。

地上波放送《ちじょうはほうそう》よりも先《さき》に、三月《さんがつ》からネットで先行配信《せんこうはいしん》。そのあとおくれて、地上波放《ちじょうはほう》送《そう》が四月《しがつ》から始《はじ》まる予定《よてい》になっている。

「………カット！　OK《オーケー》！」

「OK《オーケー》でーす」

柚月《ゆずき》が出演《しゅつえん》するシーンのほとんどは、絢斗《あやと》と一緒《いっしょ》だった。

中学生《ちゅうがくせい》編《へん》の内容《ないよう》は、ハルとヒナが惹《ひ》かれ合《あ》い、離《はな》れ離《ばな》れになるまでのストーリー。

「声《こえ》は入《はい》らないから、好《す》きに会話《かいわ》して楽《たの》しそうにね。ヒナは後《うし》ろからハルにくっついたり、仲《なか》いい感《かん》じで」

今日《きょう》は、河川敷《かせんじき》での撮影《さつえい》。自転車《じてんしゃ》を二人乗《ふたりの》りするシーンだった。

「お、重《おも》くない？」

「ぜんっぜん」

立《た》ち乗《の》りのような形《かたち》で、自転車《じてんしゃ》の後《うし》ろにまたがる柚月《ゆずき》。

合図《あいず》がかかり、絢斗《あやと》が自転車《じてんしゃ》をこぎ始《はじ》めた。

「楽《たの》しい！　寒《さむ》いけど！」

「ほんっと寒《さむ》いな！　あ、ガタガタするよ」

「わ、わ、わ、わ」

揺《ゆ》れに耐《た》えるため、柚月《ゆずき》は絢斗《あやと》にしがみついた。

今回《こんかい》のようにセリフがない、イメージ映像《えいぞう》のようなシーンも多《おお》くあった。

絢斗《あやと》と打《う》ち解《と》けたおかげで、こういうシーンでも自然《しぜん》な表情《ひょうじょう》を見《み》せることができるようになった。

「雨《あめ》、雨《あめ》！　いったん撤収《てっしゅう》！」

河川敷《かせんじき》での撮影中《さつえいちゅう》、急《きゅう》に雨《あめ》が降《ふ》りだした。

カメラなどの機材《きざい》をテントの中《なか》に入《い》れ、スタッフや出演者《しゅつえんしゃ》は橋《はし》の下《した》に駆《か》けこんだ。

「雨《あめ》の予報《よほう》、なかったよね～？」

「地面濡《じめんぬ》れたし、今日《きょう》はもう無理《むり》かな」

スタッフは天気《てんき》の確認《かくにん》やスケジュールの調整《ちょうせい》に追《お》われている。

柚月《ゆずき》と絢斗《あやと》は橋《はし》の下《した》で雨《あめ》をしのぎ、次《つぎ》の指示《しじ》を待《ま》つ。

「さすがに雨降《あめふ》ると、寒《さむ》いね」

柚月《ゆずき》は、息《いき》を吹《ふ》きかけて両手《りょうて》を温《あたた》めながら言《い》う。

ダウンコートを着《き》てはいるけど、夕方《ゆうがた》になり外《そと》の気温《きおん》はかなり下《さ》がっていた。

「逢坂《おうさか》、手《て》、真《ま》っ赤《か》じゃん」

そう言《い》って絢斗《あやと》は、向《む》かい合《あ》って柚月《ゆずき》の手《て》をとった。

柚月《ゆずき》の両手《りょうて》を握《にぎ》りながら、親指《おやゆび》で柚月《ゆずき》の手《て》のひらの真《ま》ん中《なか》をぐ、ぐ、と押《お》す。

「これ、手《て》をあっためるツボなんだって」

「え、ほんと？」

「うそ。適当《てきとう》」

「うそかい！」

柚月《ゆずき》が笑《わら》うと、絢斗《あやと》もつられて笑《わら》った。

「でもあったかくなってきたでしょ。俺《おれ》の体温《たいおん》、持《も》ってっていいよ」

絢斗《あやと》にやさしい笑顔《えがお》を向《む》けられて、柚月《ゆずき》はすこし体温《たいおん》が上《あ》がった気《き》がした。

「あったかい」

「ね」

中学《ちゅうがく》に入《はい》ってからまったく話《はな》していなかったとは思《おも》えないほど、柚月《ゆずき》は絢斗《あやと》にどんどん心《こころ》を開《ひら》いていった。


そして、三月初《さんがつはじ》め。ついに、会員制動画《かいいんせいどうが》サイトでの先行配信《せんこうはいしん》が始《はじ》まった。

この頃《ころ》には、柚月《ゆずき》が出演《しゅつえん》するシーンのほとんどは、撮《と》り終《お》えていた。

絢斗《あやと》の撮影《さつえい》はまだ残《のこ》っていたけれど、学校《がっこう》のテスト期間《きかん》を避《さ》けつつ撮影《さつえい》を進《すす》めることになっている。

「シーン追加《ついか》……っすか」

「そうなんだよ。病室《びょうしつ》の場面《ばめん》と、お祭《まつ》りの場面《ばめん》」

絢斗《あやと》と柚月《ゆずき》は監督《かんとく》に呼《よ》ばれ、台本《だいほん》になかったシーンをふたつ追加《ついか》したいと言《い》われた。

「二人《ふたり》の体育倉庫《たいいくそうこ》のキスシーン、好評《こうひょう》でさ。原作《げんさく》にはあったけど省略《しょうりゃく》しちゃったシーンを、地上波放送《ちじょうはほうそう》では追加《ついか》したいなと思《おも》って」

動画配信《どうがはいしん》の感想《かんそう》は、制作陣《せいさくじん》のもとにはすでに届《とど》いているみたいだ。

「二人《ふたり》がすごく良《よ》かったからだよ。正直《しょうじき》柚月《ゆずき》ちゃんが、初出演《はつしゅつえん》でこんなにやれると思《おも》わなかった」

思《おも》いがけない言葉《ことば》をかけられ、柚月《ゆずき》は目《め》を丸《まる》くした。

うるうると目《め》に涙《なみだ》をためる柚月《ゆずき》に気《き》づいた絢斗《あやと》が、柚月《ゆずき》の目《め》をあおぐように手《て》を振《ふ》る。

「逢坂《おうさか》、このあと撮影《さつえい》なんだから泣《な》くな」

「は、はい……！　ありがとう、ございます……」

涙《なみだ》をなんとかのみこんで、柚月《ゆずき》は監督《かんとく》にお礼《れい》を言《い》う。

「……それがさ、追加《ついか》したいのがどっちもキスシーンなんだよね」

監督《かんとく》の言葉《ことば》に、二人《ふたり》は固《かた》まった。

「お祭《まつ》りの場面《ばめん》のほうは振り、でいいんだ。けど、病室《びょうしつ》のシーンのほうは振り、だと撮《と》れそうになくって……」

「やります」

「え、即答《そくとう》だね」

「逢坂《おうさか》が、いやじゃなければ」

即答《そくとう》したのは、絢斗《あやと》だった。

柚月《ゆずき》はまだ、監督《かんとく》の言《い》っていることが理解《りかい》できていなかった。

「えと、振り、だと撮《と》れないいってことは……」

柚月《ゆずき》が言《い》うと、絢斗《あやと》は自分《じぶん》のくちびるを人差《ひとさ》し指《ゆび》でトントンと叩《たた》いた。

「撮影《さつえい》で、実際に、くちびるを、合わせる、ってことだな」

「っ……！」

絢斗《あやと》の言葉《ことば》に、柚月《ゆずき》は思《おも》わずくちびるを結《むす》んだ。

「本番《ほんばん》キスNG《エヌジー》ってなってたから、脚本《きゃくほん》にはそのシーンを入《い》れなかったんだよね。もともと予定《よてい》になかったシーンだし、ほんと無理《むり》にとは言《い》わないから」

監督《かんとく》はあくまで、無理強《むりじ》いはしたくないという様子《ようす》だった。

（い、一度《いちど》はキスシーンの覚悟《かくご》してたけど、もうないって思《おも》って安心《あんしん》してたのに……！）

柚月《ゆずき》は、どう答《こた》えたらいいのか迷《まよ》っていた。

絢斗《あやと》とのキスがいやなわけではないけれど、「やります」と即答《そくとう》するのも変《へん》な気《き》がして。……絢斗《あやと》は、即答《そくとう》していたけれど。

「SNS《エスエヌエス》でドラマの感想《かんそう》を見《み》るかぎり、高評価《こうひょうか》の書《か》き込《こ》みがほとんどなんだけど……『ブルセン《ドラマ》』原作《げんさく》の熱狂的《ねっきょうてき》なファンのあいだで、『#悪意《あくい》ある改変《かいへん》を断固拒否《だんこきょひ》します』ってタグができちゃってさぁ」

「やります」

監督《かんとく》の言葉《ことば》に、柚月《ゆずき》は即答《そくとう》した。

SNS《エスエヌエス》での批判《ひはん》を回避《かいひ》できるなら、キスシーンのひとつやふたつ、やるしかない。

そのあと監督《かんとく》は、本番《ほんばん》キスNG《エヌジー》と言《い》っていた絢斗《あやと》の事務所《じむしょ》の社長《しゃちょう》を、なんとか説得《せっとく》したらしい。

動画配信《どうがはいしん》での視聴者《しちょうしゃ》からの高評価《こうひょうか》も後押《あとお》しして、社長《しゃちょう》は渋々《しぶしぶ》うなずいたみたいだ。

◆◆◆

数日《すうじつ》して、追加《ついか》シーンの台本《だいほん》が上《あ》がった。

その日《ひ》の撮影後《さつえいご》、台本《だいほん》に目《め》を通《とお》した柚月《ゆずき》は、そっとため息《いき》をついた。

「来週末《らいしゅうまつ》、追加《ついか》シーンの撮影《さつえい》するってな」

「うん……」

浮《う》かない表情《ひょうじょう》の柚月《ゆずき》を、絢斗《あやと》は心配《しんぱい》そうに見《み》つめる。

やります、といきおいで言《い》ったものの、柚月《ゆずき》はすでに後悔《こうかい》していた。

「また、練習《れんしゅう》しときたいな……」

「えっ」

柚月《ゆずき》が言《い》うと、絢斗《あやと》はおどろいた様子《ようす》で声《こえ》をあげた。

「あ、や、振りでね！　動《うご》きだけでいいから」

「あ、そっか」

絢斗《あやと》は納得《なっとく》した様子《ようす》で、ふたつうなずいた。

学年末《がくねんまつ》テストを翌週《よくしゅう》にひかえた、放課後《ほうかご》。

二人《ふたり》はまた美術室《びじゅつしつ》を借《か》りて、動《うご》きを合《あ》わせることにした。

「五時《ごじ》には先生帰《せんせいかえ》るから、それまでね。テスト近《ちか》いんだし、ほどほどにね」

「ありがとうございます、先生《せんせい》」

追加《ついか》になったシーンは、病室《びょうしつ》のシーン。

自分《じぶん》を救《すく》うために大《おお》ケガをしたハルを見舞《みま》うヒナ。自分《じぶん》がそばにいるとハルはいつまでも変《か》わらないと思《おも》ったヒナが、とうとうハルに別《わか》れを告《つ》げるシーンだ。

「動《うご》きは、こんな感《かん》じかな……」

「そうだね」

机《つくえ》を並《なら》べて、ベッド代《が》わりにした。細《こま》かい動《うご》きは監督《かんとく》に事前《じぜん》に確認《かくにん》していたので、二人《ふたり》は台本片手《だいほんかたて》に動《うご》きを合《あ》わせる。

なんとなく流《なが》れはつかめた、けど。

(でも今度《こんど》は……みんなの前《まえ》で本当《ほんとう》に、キスするんだ)

そう思《おも》うと、どうしても柚月《ゆずき》の不安《ふあん》はぬぐえなかった。

「あの、さ。一回《いっかい》だけ、やっぱり……本番《ほんばん》みたいにしとかない？」

柚月《ゆずき》の不安《ふあん》を感《かん》じ取《と》ったのか、絢斗《あやと》もうなずく。

「いいよ。やってみよ」

本当《ほんとう》に、初《はじ》めての相手役《あいてやく》が絢斗《あやと》でよかったと、柚月《ゆずき》はつくづく実感《じっかん》した。


『ヒナ……無事《ぶじ》で、よかった』

大《おお》ケガを負《お》った絢斗《ハル》は、病室《びょうしつ》のベッドに横《よこ》たわり、衰弱《すいじゃく》した様子《ようす》で柚月《ヒナ》に笑《わら》いかける。

『全然《ぜんぜん》よくない。……ハルの馬鹿《ばか》。こんな、無茶《むちゃ》して……』

苦《くる》しさと、戸惑《とまど》いと、悲《かな》しみと。

複雑《ふくざつ》な気持《きも》ちをはらんだまま、柚月《ヒナ》は目《め》をうるませた。

『もう、ハルが傷《きず》つくの、見《み》たくないよ』

柚月《ヒナ》の目《め》から、涙《なみだ》がこぼれ落《お》ちる。

『泣《な》くなよ、ヒナ』

絢斗《ハル》は涙《なみだ》をぬぐおうと手《て》を伸《の》ばす。

痛《いた》みでふるえる絢斗《ハル》の手《て》を、柚月《ヒナ》はそっとにぎった。

涙《なみだ》をぽろぽろとこぼしながら、柚月《ヒナ》は絢斗《ハル》に顔《かお》を近《ちか》づけ、ひとつキスを落《お》とした。

涙《なみだ》は止《と》まらず、鼻《はな》をすすりながらもうひとつ。

そしてもうひとつ。

「『ヒナ……？』」

いつもとちがう柚月《ヒナ》の様子《ようす》に、絢斗《ハル》は戸惑《とまど》いながら呼《よ》びかける。

「『ばいばい』」

柚月《ヒナ》は持《も》っていた手紙《てがみ》を絢斗《ハル》に押《お》しつけ、病室《びょうしつ》を出《で》ていった。

「『ヒナ！』」

絢斗《ハル》の声《こえ》が、むなしく病室《びょうしつ》に響《ひび》いた。


「ど……どうだった……？」

止《や》まない涙《なみだ》をハンカチでふきながら、柚月《ゆずき》は尋《たず》ねる。

「…………すげー……」

絢斗《あやと》はおどろいた様子《ようす》で、声《こえ》を漏《も》らした。

「すげぇよ、逢坂《おうさか》！　のまれたっていうか……とにかく、すごかった！」

「そ、そう？」

「動画《どうが》、見《み》てみよう」

客観的《きゃっかんてき》に見《み》るために、絢斗《あやと》のスマホで動画《どうが》を撮《と》っていた。二人《ふたり》で、絢斗《あやと》のスマホをのぞきこむ。

「逢坂《おうさか》……泣《な》きの演技《えんぎ》、うまいな」

「いい、感《かん》じだね」

現場《げんば》での映像《えいぞう》チェックのような感覚《かんかく》で、動画《どうが》に見入《みい》る。

キスシーンが再生《さいせい》されると、柚月《ゆずき》は目《め》を細《ほそ》めた。

「うぅ……これ、ほんとに、全国放送《ぜんこくほうそう》されるの……？」

「感情《かんじょう》を押《お》し殺《ころ》してる感《かん》じ出《で》てて、いいと思《おも》うけど」

「そう、かなぁ」

いくら演技《えんぎ》とはいえ、自分《じぶん》のキスシーンを映像《えいぞう》で見《み》るのは複雑《ふくざつ》な気持《きも》ちだった。

「ちょっとは自信《じしん》ついた？」

「う……ん。泉《いずみ》くん的《てき》には、良《よ》かったんだよね？」

「うん。これが本番《ほんばん》でも良《よ》かったんじゃないかなってくらい」

「じゃあ……できる気《き》がする」

「やったじゃん」

正直《しょうじき》、演技《えんぎ》の最中《さいちゅう》はキスだなんだと考《かんが》える余裕《よゆう》もなかった。

それだけ、演技《えんぎ》に集中《しゅうちゅう》できたということだ。

「この動画《どうが》、お気《き》に入《い》りしとこ」

「ちょ、もう消《け》してってって！」

「やだよ～」

からかうように笑《わら》いながら、絢斗《あやと》はベッド代《が》わりに動《うご》かした机《つくえ》を元《もと》に戻《もど》す。

片付《かたづ》けを終《お》えると、絢斗《あやと》はまた石膏像《せっこうぞう》を相手《あいて》にふざけて、柚月《ゆずき》を笑《わら》わせた。

五時《ごじ》まですこし時間《じかん》があったので、椅子《いす》に座《すわ》って二人《ふたり》でぼんやりと話《はなし》をした。

「一緒《いっしょ》に帰《かえ》れるなら、送《おく》っていくのにな」

「女子《じょし》と二人《ふたり》で帰《かえ》ったりしたら、事務所《じむしょ》に怒《おこ》られちゃうでしょ」

「だなぁ」

絢斗《あやと》の声色《こわいろ》がやけにやさしくて、柚月《ゆずき》はすこし緊張《きんちょう》する。

最初《さいしょ》の撮影《さつえい》のときに言《い》われた言葉《ことば》が、また頭《あたま》をめぐってくる。

「泉《いずみ》くん、あの、ね」

柚月《ゆずき》は勇気《ゆうき》をだして、聞《き》いてみることにした。

「この前《まえ》言《い》ってた……『うれしかった』って、さ」

あのときの、『俺《おれ》はあれ、うれしかったから』という言葉《ことば》。

その言葉《ことば》の意味《いみ》を、本当《ほんとう》はずっと絢斗《あやと》に聞《き》きたかった。

「や、やっぱり、なんでもない」

でも、勇気《ゆうき》をだしきれなかった。自分《じぶん》で切《き》り出《だ》しておきながら、柚月《ゆずき》は聞《き》きたかった言葉《ことば》を引《ひ》っこめた。

柚月《ゆずき》の想《おも》いを察《さっ》したように、絢斗《あやと》は笑《わら》った。

柚月《ゆずき》の片方《かたほう》の手《て》を、そっと握《にぎ》る。

「今日のも、うれしかったよ」

絢斗《あやと》の言葉《ことば》に、柚月《ゆずき》は一瞬《いっしゅん》、呼吸《こきゅう》が止《と》まったような気持《きも》ちになった。そのつぎの瞬間《しゅんかん》には、耳《みみ》や首元《くびもと》まで熱《ねつ》がひろがっていくのを感《かん》じた。

「終《お》わったー？」

「はい、ありがとうございました」

先生《せんせい》が教室《きょうしつ》に入《はい》ってきて、絢斗《あやと》はなにもなかったかのように返事《へんじ》をした。

柚月《ゆずき》は心臓《しんぞう》をバクバク鳴《な》らしながら、なんとか先生《せんせい》にあいさつをした。


美術室《びじゅつしつ》を出《で》て、校舎《こうしゃ》を二人《ふたり》で歩《ある》く。

「手《て》つないでいこうよ」

「え、」

絢斗《あやと》は柚月《ゆずき》の返事《へんじ》を待《ま》たないまま、柚月《ゆずき》の手《て》をとった。

からみあう指《ゆび》と絢斗《あやと》の手《て》のあたたかさに、柚月《ゆずき》はきゅんとお腹《なか》の奥《おく》が痛《いた》んだ。

テスト前《まえ》なので、ほかの部活《ぶかつ》も短時間《たんじかん》で終《お》わる。生徒《せいと》たちはほとんど帰宅《きたく》していて、校舎《こうしゃ》の中《なか》はしずかだった。

美術室《びじゅつしつ》がある四階《よんかい》から一階《いっかい》まで降《お》りる階段《かいだん》は、窓《まど》が少《すく》なくて薄暗《うすぐら》い。

「こんなとこ見《み》られたら、大変《たいへん》だよ？」

「暗《くら》いし大丈夫《だいじょうぶ》だよ。イヤなら放《はな》していいよ」

絢斗《あやと》はにやりと笑《わら》って、そう言《い》った。

それだと柚月《ゆずき》が振《ふ》り払《はら》わないかぎり、イヤじゃない、ということになる。

「泉《いずみ》くんて、意外《いがい》と……いじわるだね」

「そう？　逢坂《おうさか》に対《たい》してはかなりやさしいと思《おも》うけど」

「やさしい、けど」

「これぐらい強引《ごういん》じゃないと、逢坂《おうさか》の気持《きも》ちは動《うご》かないでしょ」

「どういうこと？」

階段《かいだん》を降《お》りていた絢斗《あやと》は、ゆっくり立《た》ち止《ど》まる。

表情《ひょうじょう》を変《か》えず柚月《ゆずき》に向《む》き合《あ》い、絢斗《あやと》はおだやかに言《い》う。

「ぜんぶ、逢坂を振り向かせたいから、やってるんだよ」

いくら鈍感《どんかん》な柚月《ゆずき》でも、わかる。

『振《ふ》り向《む》かせたい』という言葉《ことば》の、意味《いみ》くらいは。

「い、泉《いずみ》くん」

「彼氏《かれし》いないってわかったしな」

やわらかく笑《わら》って、絢斗《あやと》はふたたび階段《かいだん》を降《お》りはじめた。

「イヤなら逃《に》げてね。逃《に》げないかぎり、俺《おれ》、ずっとこんな感《かん》じだよ」

「……わ、かった」

「大丈夫《だいじょうぶ》。節度《せつど》は守《まも》る。たぶん」

「たぶんかい」

「ふふふっ」

戸惑《とまど》いながらも、なぜか柚月《ゆずき》は絢斗《あやと》の言葉《ことば》を受《う》け入《い》れられた。

なぜだかわからないけど、絢斗《あやと》の言葉《ことば》に嘘《うそ》はないと感《かん》じたのだ。

一階《いっかい》まで降《お》りると、男子《だんし》たちの声《こえ》が聞《き》こえた。

二人《ふたり》はそっと、手《て》を放《はな》す。なんだか、いけないことをしているみたいな気持《きも》ちになる。

靴箱《くつばこ》のところでたむろしていた男子《だんし》の集団《しゅうだん》は、野球部《やきゅうぶ》だった。

「マツ、部活終《ぶかつお》わり？」

絢斗《あやと》がマツと呼《よ》んだのは、絢斗《あやと》と柚月《ゆずき》の小学校《しょうがっこう》からの同級生《どうきゅうせい》。

「おー。あれ？　また二人《ふたり》でイチャイチャしてたの？」

「ちげーよ。ドラマの練習《れんしゅう》してただけ」

「それがイチャイチャだろーが！　リア充《じゅう》め！」

からかうマツに、絢斗《あやと》は「うらやましいだろ？」とふざけてみせる。

三人《さんにん》で帰《かえ》る流《なが》れになり、絢斗《あやと》とマツは自転車《じてんしゃ》を押《お》しながら歩《ある》く。

柚月《ゆずき》とマツは、小学校六年間《しょうがっこうろくねんかん》ずっと同《おな》じクラスだったので、付《つ》き合《あ》いは長《なが》い。

絢斗《あやと》は五年生《ごねんせい》から同《おな》じクラスに転校《てんこう》してきた。絢斗《あやと》にとってもマツは、なんとなく気《き》が合《あ》う友人《ゆうじん》だった。

テストや部活《ぶかつ》の話《はなし》をしながら、二人《ふたり》は遠回《とおまわ》りをして柚月《ゆずき》の家《いえ》の方面《ほうめん》に来《き》てくれた。

「逢坂《おうさか》の両親《りょうしん》って、まだ海外《かいがい》にいるの？」

「あー……うん。そう」

付《つ》き合《あ》いが長《なが》いだけあって、マツは柚月《ゆずき》の家《いえ》の事情《じじょう》も知《し》っていた。

「えらいなぁ、逢坂《おうさか》は。俺《おれ》なんか親《おや》がいないとなんもできないよ」

「事務所《じむしょ》の社長《しゃちょう》さんが、親代《おやが》わりみたいなものだから」

絢斗《あやと》も、柚月《ゆずき》が両親《りょうしん》ではなく事務所社長《じむしょしゃちょう》の天音《あまね》と暮《く》らしていることは、知《し》っていた。

なにか事情《じじょう》があるんだろうと思《おも》いながらも、絢斗《あやと》から柚月《ゆずき》に対《たい》して深《ふか》く尋《たず》ねることはしなかった。

「ただいまー」

「おかえり、柚月《ゆずき》。おそかったね」

帰宅《きたく》した柚月《ゆずき》を出迎《でむか》えてくれたのは、天音《あまね》の夫《おっと》であるトモロウだった。

「マツくんと泉《いずみ》くんが送《おく》ってくれたの」

「マツくん、久《ひさ》しぶりだね。元気《げんき》してるの？」

「うん。野球部《やきゅうぶ》がんばってるって」

柚月《ゆずき》は、所属《しょぞく》する事務所《じむしょ》の二階《にかい》に、天音《あまね》の家族《かぞく》と一緒《いっしょ》に住《す》んでいる。

社長業務《しゃちょうぎょうむ》で忙《いそが》しい天音《あまね》に代《か》わって、トモロウは主夫兼《しゅふけん》デイトレーダーとして家庭《かてい》を支《ささ》えている。

食事《しょくじ》とお風呂《ふろ》を終《お》えると、柚月《ゆずき》はベッドに横《よこ》になった。

(泉《いずみ》くんとまた、キスしちゃった……)

いま思《おも》えば、なんて大胆《だいたん》なことを言《い》ってしまったのか、と思《おも》う。

それくらい不安《ふあん》だったというのもあるけれど、絢斗《あやと》なら聞《き》いてくれると思《おも》って、甘《あま》えてしまったのもある。

——ぜんぶ、逢坂《おうさか》を振《ふ》り向《む》かせたいから、やってるんだよ——

絢斗《あやと》の言葉《ことば》を思《おも》い返《かえ》して、柚月《ゆずき》はクッションに顔《かお》をうずめた。

恥《は》ずかしさと、なぜだろうという思《おも》いとが、交錯《こうさく》する。

(うれしいけど、そんなふうに言《い》ってもらえる理由《りゆう》がわからない)

中学《ちゅうがく》に入《はい》ってから、まったく関《かか》わりのなかった絢斗《あやと》。

二《に》ヶ月間《げつかん》ドラマの撮影《さつえい》をして、キスシーンがあって。柚月《ゆずき》と絢斗《あやと》の関《かか》わりは、たったそれだけ。

絢斗《あやと》は女《おんな》の子《こ》から人気《にんき》だったし、あえて柚月《ゆずき》を選《えら》ぶ理由《りゆう》が見《み》つからなかった。

(泉《いずみ》くんが転校《てんこう》してきたの、小五《しょうご》の途中《とちゅう》だったっけ。話《はな》した記憶《きおく》も、数《かぞ》えるくらいしかないし……)

絢斗《あやと》が出《で》た舞台《ぶたい》をたまたま観《み》に行《い》ったときも、特《とく》に会話《かいわ》はしなかった……と思《おも》う。

やっぱりどんなに考《かんが》えても、絢斗《あやと》が柚月《ゆずき》を選《えら》ぶ理由《りゆう》は思《おも》いつかなかった。

## 03 しなくていいはずの、キス

学年末《がくねんまつ》のテスト期間《きかん》に突入《とつにゅう》した。

この一週間《いっしゅうかん》は、柚月《ゆずき》と絢斗《あやと》の出演《しゅつえん》シーンの撮影《さつえい》も、いったんお休《やす》みとなる。

いままで、放課後《ほうかご》は毎日《まいにち》のように撮影《さつえい》が入《はい》っていたので、まっすぐ家《いえ》に帰《かえ》るのはなんだか変《へん》な気分《きぶん》だった。

「ゆず、おかえりー」

「あれ、蓮《れん》くん？」

帰宅《きたく》した柚月《ゆずき》を出迎《でむか》えたのは、天音《あまね》とトモロウのひとり息子《むすこ》の蓮《れん》。

「大学《だいがく》は二月《にがつ》から春休《はるやす》みなんだよ」

「へぇ、お休《やす》み長《なが》いんだね」

「たまには帰《かえ》ってこないとオカンがうるせーからな」

蓮《れん》は大学一年生《だいがくいちねんせい》で、都内《とない》で一人暮《ひとりぐ》らしをしている。金髪《きんぱつ》で見《み》た目《め》はチャラいけれど、小《ちい》さい頃《ころ》から柚月《ゆずき》を妹《いもうと》のようにかわいがってくれた、兄《あに》みたいな存在《そんざい》。

「ドラマの配信《はいしん》、見《み》てるよ。大学《だいがく》のやつらも、ハマって見《み》てるやつ多《おお》い」

「えー、うれしい。ありがとう」

「でも振りとはいえ、ゆずのキスシーン見《み》んのはマジ複雑《ふくざつ》だわ」

「あ、はは……」

「ゆずは妹《いもうと》みたいなモンだからな」

このさき、振りではないキスシーンが放送《ほうそう》されると知《し》ったら、蓮《れん》はどんな反応《はんのう》をするんだろう。考《かんが》えると柚月《ゆずき》は、ちょっとこわくなった。

「相手役《あいてやく》の泉絢斗《いずみあやと》って、同《おな》じ学校《がっこう》なんだろ？　学校《がっこう》でもよく話《はな》すの？」

「あー……いや、そんなには」

「そっか。変《へん》なウワサたてられないよーに、気《き》をつけろよ。向《む》こうは人気子役《にんきこやく》だし」

「そ、そだね」

蓮《れん》に、自分《じぶん》たちの行動《こうどう》を見抜《みぬ》かれたような気分《きぶん》になって、柚月《ゆずき》はあいまいに笑《わら》ってみせた。

テスト二日目《ふつかめ》の朝《あさ》。

教室《きょうしつ》の廊下側《ろうかがわ》の自分《じぶん》の席《せき》で、柚月《ゆずき》はテスト範囲《はんい》の見直《みなお》しをしていた。

「おーうーさーか」

すると、窓《まど》からひょこっと顔《かお》を出《だ》し、絢斗《あやと》が声《こえ》をかけてきた。おどろいて柚月《ゆずき》は、持《も》っていたプリントをばさっと落《お》としてしまった。

いきなりの絢斗《あやと》の出現《しゅつげん》に、クラスの女子《じょし》たちも小《ちい》さな悲鳴《ひめい》をあげる。

「い、泉《いずみ》くん」

「逢坂《おうさか》の教科書《きょうかしょ》、まちがって持《も》って帰《かえ》っちゃってて。現場《げんば》で勉強《べんきょう》教《おし》えてもらったときに、入《い》れ替《か》わったのかなって」

そう言《い》って、理科《りか》の教科書《きょうかしょ》を差《さ》し出《だ》す絢斗《あやと》。

あわててカバンを探《さぐ》ると、柚月《ゆずき》のカバンには絢斗《あやと》の理科《りか》の教科書《きょうかしょ》が入《はい》っていた。

「ごめん、私《わたし》も気《き》づかなかった」

「おー。どう？　テスト順調《じゅんちょう》？」

「明日《あした》が地獄《じごく》かな……苦手《にがて》教科《きょうか》ばっかだし」

「最終日《さいしゅうび》の科目《かもく》、えぐいよなー」

他愛《たわい》のないやり取《と》りをして、絢斗《あやと》は自分《じぶん》のクラスへと帰《かえ》っていった。

「逢坂《おうさか》さんって、泉《いずみ》くんとあんなにふつうに話《はな》せるんだね」

「やっぱ共演《きょうえん》すると仲良《なかよ》くなるもんなんだ〜？」

「ど、どうかな」

席《せき》の近《ちか》い女子《じょし》たちに話《はな》しかけられて、柚月《ゆずき》は動揺《どうよう》しながら答《こた》える。彼女《かのじょ》たちの目《め》が笑《わら》っていないように思《おも》えて、当《あ》たりさわりのない返答《へんとう》になってしまった。

「でも逢坂《おうさか》さん、みんなの前《まえ》であんまり堂々《どうどう》と仲良《なかよ》くしないほうがいいよー？　うちの中学《ちゅうがく》にも、泉《いずみ》くんの強《つよ》めファンいるし」

「泉《いずみ》くんにガチ恋《こい》してる先輩《せんぱい》もいるらしいよねー？」

「あ、知《し》ってる！　テニス部《ぶ》のキレイめな先輩《せんぱい》でしょ？」

女子《じょし》たちの会話《かいわ》についていけず、柚月《ゆずき》は笑顔《えがお》をはりつけたまま、あいづちを打《う》つことしかできなかった。


無事《ぶじ》にテストが終《お》わり、ドラマの撮影《さつえい》が再開《さいかい》となった。

「あの、ね。学校《がっこう》で私《わたし》たち……あんまり、話《はな》さないほうがいいのかなって」

撮影《さつえい》の休憩中《きゅうけいちゅう》、柚月《ゆずき》は思《おも》い切《き》って絢斗《あやと》に伝《つた》えた。

「えっ。だれかに、なんか言《い》われた？」

「そうじゃないんだけど……泉《いずみ》くん人気《にんき》あるし、変《へん》なウワサたったら迷惑《めいわく》かけちゃうかなって」

「…………」

柚月《ゆずき》が言《い》うと、絢斗《あやと》はだまりこんでしまった。

絢斗《あやと》を怒《おこ》らせたかと思《おも》い、柚月《ゆずき》は不安《ふあん》げに絢斗《あやと》の顔《かお》を見《み》つめる。

「……いや、言《い》いたいことはわかるんだよ。俺《おれ》らはふつうに話《はな》してるつもりでも、周《まわ》りのやつらからはちがって見《み》えるかもしんないもんな」

「……うん。そんな感《かん》じ」

「わかる。わかるんだけどさぁ……」

そう言《い》って絢斗《あやと》は、頭《あたま》を抱《かか》えた。

そして数秒《すうびょう》たって、今度《こんど》はぱっと顔《かお》を上《あ》げる。

「じゃあせめて、連絡先《れんらくさき》交換《こうかん》するとかは？」

突然《とつぜん》の絢斗《あやと》からの提案《ていあん》に戸惑《とまど》いながらも、柚月《ゆずき》は答《こた》える。

「私《わたし》のスマホ、事務所《じむしょ》からの支給《しきゅう》だから、あんまりやり取《と》りはできないかも……」

「マジかー……」

柚月《ゆずき》のスマホは、仕事用《しごとよう》として持《も》っているもの。

やり取《と》りの中身《なかみ》まで天音《あまね》が管理《かんり》しているわけではないけれど、スマホでのやり取《と》りは最低限《さいていげん》にしていた。

「じゃあ、ドラマの撮影終《さつえいお》わったら、もう逢坂《おうさか》と話《はな》せなくなるってこと？」

「そ、それは……」

絢斗《あやと》は、不服《ふふく》そうに口《くち》をとがらせていた。

「俺《おれ》、ほんとはもっと話《はな》したいんだよ。逢坂《おうさか》と」

「えっ」

「これでもがまんしてるんだよ」

絢斗《あやと》がだんだん、切《せつ》なげな表情《ひょうじょう》に変《か》わってゆく。

絢斗《あやと》の言葉《ことば》は、素直《すなお》にうれしかった。だけど、どう返《かえ》せばいいのかわからず困《こま》っていると。

「……ごめん。逢坂《おうさか》を困《こま》らせたいわけじゃないんだけどさ」

絢斗《あやと》は、ふう、とため息《いき》をついた。

（泉《いずみ》くんが悪《わる》いわけじゃないのに……謝《あやま》らせちゃった。話《はな》したいって、言《い》ってくれてるのに）

申《もう》し訳《わけ》ない気持《きも》ちでいっぱいになる柚月《ゆずき》。せめて、自分《じぶん》の本心《ほんしん》をちゃんと伝《つた》えようと、思《おも》い切《き》って口《くち》を開《ひら》いた。

「わ、私《わたし》だって、ほんとは……」

勇気《ゆうき》をだして話《はな》し始《はじ》めたものの、そのあとに続《つづ》く言葉《ことば》は、なんだかしどろもどろで。

「も、もっと……話《はな》したい、よ？　この前《まえ》も……教室《きょうしつ》で話《はな》せたの、う、うれしかったし……」

途中《とちゅう》から恥《は》ずかしさに耐《た》えきれなくなって、柚月《ゆずき》は両手《りょうて》で顔《かお》をおおった。

そんな柚月《ゆずき》の姿《すがた》に、絢斗《あやと》もつられて顔《かお》を赤《あか》くした。

「あー……なら、よかった。……ごめん、こどもみたいな態度《たいど》とって」

「う、ううん」

あまりにつたない自分《じぶん》の言葉《ことば》にあきれながらも、自分《じぶん》の気持《きも》ちを伝《つた》えられたことは、柚月《ゆずき》にとっては大《おお》きな一歩《いっぽ》だった。

「とりあえずいまは……現場《げんば》でいっぱい話《はな》そ」

「うん、それがいい。あの、ありがとね」

「こっちこそ」

絢斗《あやと》の表情《ひょうじょう》がいつもの穏《おだ》やかな表情《ひょうじょう》に戻《もど》ったので、柚月《ゆずき》はほっと胸《むね》をなでおろした。

◆◆◆

週末《しゅうまつ》。絢斗《あやと》と練習《れんしゅう》した、病室《びょうしつ》のシーンの撮影《さつえい》が行《おこな》われた。

撮影《さつえい》スタジオに、病室《びょうしつ》のようなセットが組《く》まれる。

動《うご》きの最終確認《さいしゅうかくにん》を行《おこな》い、撮影《さつえい》にいどむ。

本番《ほんばん》では三台《さんだい》のカメラを同時《どうじ》に使《つか》い、長回《ながまわ》しでの撮影《さつえい》となる。

「柚月《ゆずき》ちゃん、いけそう？」

「はい」

美術室《びじゅつしつ》での練習《れんしゅう》のおかげで、柚月《ゆずき》には迷《まよ》いも不安《ふあん》もなかった。

「……一応《いちおう》カメラ回《まわ》すか。本番《ほんばん》と思《おも》って、いこう」

リハーサルではあったけれど、監督《かんとく》は念《ねん》のためカメラを回《まわ》すよう指示《しじ》を出《だ》した。

合図《あいず》がかかり、リハーサルがスタートする。

柚月《ゆずき》は、さまざまな感情《かんじょう》が自分《じぶん》にのしかかっているのを感《かん》じていた。

「『全然《ぜんぜん》よくない。……ハルの馬鹿《ばか》。こんな、無茶《むちゃ》して……』」

「『ヒナ……無事《ぶじ》で、よかった』」

自分《じぶん》のせいで、愛《あい》する人《ひと》が傷《きず》ついてしまった。

孤独《こどく》を埋《う》め合《あ》うかのように惹《ひ》かれあった二人《ふたり》は、いびつな絆《きずな》で結《むす》ばれている。

愛《あい》する人《ひと》はきっと、自分《じぶん》のために命《いのち》すら差《さ》し出《だ》してしまう。

「『もう、ハルが傷《きず》つくの、見《み》たくないよ』」

そばにいたい。

でも、ここにいると、愛《あい》する人《ひと》は傷《きず》を負《お》う。このままじゃ、二人《ふたり》とも前《まえ》に進《すす》めない。

重《かさ》なりあった想《おも》いは、涙《なみだ》となってこぼれ落《お》ちる。

「『泣《な》くなよ、ヒナ』」

傷《きず》つきながらも、愛《あい》する人《ひと》は『私《わたし》』を想《おも》い、手《て》を差《さ》し伸《の》べてくる。

とめどなく落《お》ちる涙《なみだ》。

（最後《さいご》にしよう）
――そう思《おも》ってひとつ、キスを落《お》とした。
足《た》りなかった。あふれる想《おも》いは、もうひとつ、もうひとつ。
『ヒナ……？』
これ以上《いじょう》は、自分《じぶん》が耐《た》えられない、と思《おも》った。
これ以上《いじょう》キスをすれば、きっとまたこの人《ひと》から、離《はな》れられなくなる。
『ばいばい』
想《おも》いのすべてを記《しる》した手紙《てがみ》を押《お》しつけ、病室《びょうしつ》を出《で》た。
苦《くる》しくて、離《はな》れたくなくて、愛《いと》おしくて、大切《たいせつ》で、傷《きず》ついてほしくなくて。
『ヒナ！』
振《ふ》り返《かえ》りたい。
その想《おも》いをしまいこんで、ひたすら、走《はし》った。

「カットぉ！」
監督《かんとく》の声《こえ》が、静寂《せいじゃく》を割《わ》った。

柚月《ゆずき》の涙《なみだ》は止《と》まらず、撮影《さつえい》を見学《けんがく》していた天音《あまね》に抱《だ》きとめられ、肩《かた》をふるわせた。

「いい！　もう、今《いま》のでテイクOK《オーケー》！」

リハーサルにもかかわらず、OK《オーケー》がかかった。

戸惑《とまど》いながら、柚月《ゆずき》は監督《かんとく》にたずねる。

「お、OK《オーケー》、なんですか？」

「いいよ、文句《もんく》なし！」

「も……もらい泣《な》き、しちゃった……」

一部《いちぶ》のスタッフは、泣《な》いていた。

柚月《ゆずき》はまだ泣《な》きながら、ぼう然《ぜん》としていた。

自分《じぶん》でも気《き》づかないうちに、感情《かんじょう》を出《だ》し尽《つ》くしていたようだ。

(もう一回《いっかい》やれって言《い》われても、むりだ、これ)

本番《ほんばん》に余力《よりょく》を残《のこ》すという考《かんが》えは、なかった。

同《おな》じことをもう一度《いちど》と言《い》われたら、できないかもしれない。

監督《かんとく》があのときカメラを回《まわ》してくれて、本当《ほんとう》によかった。

「お疲《つか》れ」

映像《えいぞう》チェックをする気力《きりょく》すらなく立《た》ち尽《つ》くす柚月《ゆずき》に、絢斗《あやと》は肩《かた》を寄《よ》せた。

「この前《まえ》より、もっとよかった」

絢斗《あやと》にそう言《い》われ、柚月《ゆずき》はようやく、現実《げんじつ》に戻《もど》ってこられた気《き》がした。

肩《かた》をすくめて絢斗《あやと》と目《め》を合《あ》わすと、絢斗《あやと》は柚月《ゆずき》の背中《せなか》をポンと叩《たた》いた。

◆◆◆

一月《いちがつ》から始《はじ》まった中学生編《ちゅうがくせいへん》の撮影《さつえい》も、終《お》わりが近《ちか》づいていた。

「監督《かんとく》。ここのハルのセリフ、ちょっと溜《た》めていいですか？」

「うん、溜《た》める感《かん》じでいこう。視聴者《しちょうしゃ》の脳裏《のうり》に残《のこ》したいっていうか、実《じつ》は重要《じゅうよう》だったっていう印象的《いんしょうてき》なシーンにしたいし」

「……ハルの感情的《かんじょうてき》には、立《た》って話《はな》してるより、ヒナの目線《めせん》より少《すこ》し低《ひく》い位置《いち》にいたほうがいいですかね？　本音《ほんね》を隠《かく》してるっていうのが、表情《ひょうじょう》で伝《つた》わるように……」

監督《かんとく》と意見《いけん》を交《か》わす、絢斗《あやと》。最近《さいきん》はこういう光景《こうけい》を見《み》ることも、多《おお》くなってきた。

「大事《だいじ》なシーンって思《おも》うと、緊張《きんちょう》する……！」

「大丈夫《だいじょうぶ》、大丈夫《だいじょうぶ》。ここはハルが語《かた》る場面《ばめん》だから、ヒナはむしろいつもの感《かん》じでいいと思《おも》うよ！」

「そっか。いつもの感《かん》じ、いつもの感《かん》じ……」

「そ、リラックスしていこ」

中学生編《ちゅうがくせいへん》の主役《しゅやく》である絢斗《あやと》は、子役《こやく》でありながら俳優陣《はいゆうじん》の軸《じく》として、座長《ざちょう》として、現場《げんば》を引《ひ》っ張《ぱ》ってきた。中心《ちゅうしん》に絢斗《あやと》がいることで、現場《げんば》はいつも活気《かっき》にあふれていた。

（いまはついていくので精《せい》いっぱいだけど……泉《いずみ》くんを見《み》て学《まな》んで、私《わたし》もつぎにつなげなきゃ）

失敗《しっぱい》や批判《ひはん》をこわがってばかりいた柚月《ゆずき》も、すこしずつ変《か》わっていた。

この現場《げんば》で、絢斗《あやと》の背中《せなか》を追《お》い続《つづ》けられたことは、柚月《ゆずき》にとって本当《ほんとう》に幸運《こううん》だった。

その日《ひ》の撮影後《さつえいご》。

「今日《きょう》は、ヒナ役《やく》の逢坂柚月《おうさかゆずき》さんの誕生日《たんじょうび》ですー！　おめでとうございます！」

「えー、すごい！　ありがとうございます！」

今日《きょう》は、柚月《ゆずき》の誕生日《たんじょうび》。ドラマの撮影《さつえい》スタッフが、ケーキを用意《ようい》してくれていた。

「柚月《ゆずき》ちゃん、何歳《なんさい》になったの？」

「十三歳《じゅうさんさい》です」

「きゃー、フレッシュ！　うらやましい！」

ケーキを囲《かこ》み、他《ほか》の出演者《しゅつえんしゃ》やスタッフが柚月《ゆずき》を祝《いわ》ってくれる。

「こんなににぎやかな誕生日《たんじょうび》は初《はじ》めてで、本当《ほんとう》にうれしかったです。ありがとうございました！」

みんなにお礼《れい》を伝《つた》えて、この日《ひ》の撮影《さつえい》は終了《しゅうりょう》となった。

「逢坂《おうさか》」

帰《かえ》りぎわ。柚月《ゆずき》が着替《きが》えを済《す》ませて楽屋《がくや》を出《で》ると、絢斗《あやと》がこっそり柚月《ゆずき》に声《こえ》をかけてきた。

「渡《わた》すか迷《まよ》ったけど、これ」

そう言《い》って絢斗《あやと》は、小《ちい》さな包《つつ》みを柚月《ゆずき》に手渡《てわた》した。

「え、これ……」

「誕《たん》プレ。じゃ、気《き》ぃつけて」

早口《はやくち》に言《い》って、絢斗《あやと》は行《い》ってしまった。

帰宅後《きたくご》、柚月《ゆずき》は花柄《はながら》の包装紙《ほうそうし》でラッピングされたプレゼントを、開《あ》けた。

中《なか》に入《はい》っていたのは、中高生《ちゅうこうせい》に人気《にんき》のコスメブランドのリップグロス。

星《ほし》やジュエルをかたどった本体《ほんたい》のデザインもかわいいと話題《わだい》で、『LiCoCo《リココ》』でも特集《とくしゅう》されていた。

(わざわざ買《か》ってきてくれたのかな……誕生日《たんじょうび》、どうして知《し》ってたんだろう)

絢斗《あやと》がプレゼントをくれたこともうれしかったし、自分《じぶん》のために用意《ようい》してくれたということもうれしかった。

机《つくえ》に置《お》いてある鏡《かがみ》を見《み》ながら、さっそくリップグロスを塗《ぬ》ってみた。

カラーはコーラルピンク。発色《はっしょく》があざやかでつやもよく、口元《くちもと》がいっきに華《はな》やかになる。

(でも、なんか……)

鏡《かがみ》を見《み》ながら柚月《ゆずき》は、人《ひと》さし指《ゆび》でくちびるに触《ふ》れた。

つややかなくちびるの柔《やわ》らかさに、心《こころ》がどきっと跳《は》ねる。

（これを使《つか》うたびに、きっと……思《おも》い出《だ》しちゃうんだろうな）

絢斗《あやと》とかさねた、何度《なんど》かのくちびるの感触《かんしょく》を。

はずかしくて、こわいくらいに幸《しあわ》せで、ほんの少《すこ》し胸《むね》が痛《いた》む、あの感覚《かんかく》を。

考《かんが》えると、とくとくと心臓《しんぞう》が高鳴《たかな》って、なんだか居心地《いごこち》が悪《わる》くなる。

そしてなによりも、柚月《ゆずき》の心《こころ》のすみにある想《おも》いが漏《も》れだしてしまいそうな気《き》がして。

柚月《ゆずき》は、そうっと鏡《かがみ》をふせた。


翌朝《よくあさ》。校舎《こうしゃ》の階段《かいだん》を上《あ》がっていると、絢斗《あやと》が二階《にかい》から降《お》りてきた。

言葉《ことば》は交《か》わさないけれど、ひっそりと目《め》を合《あ》わせる。

柚月《ゆずき》は今日《きょう》だけ、マスクをつけていた。

絢斗《あやと》とすれ違《ちが》うとき、そっとマスクを下《さ》げてみせた。

そして、コーラルピンクのくちびるを指《ゆび》さしながら、「ありがと」と、口《くち》の動《うご》きだけで伝《つた》える。

絢斗《あやと》はおどろいたように目《め》をまるくして、そのまま目《め》をそらしてしまった。

「泉《いずみ》、どした？　顔赤《かおあか》くね？」

「うるせー」

からかう同級生《どうきゅうせい》に、絢斗《あやと》はぶっきらぼうに返《かえ》す。その声《こえ》を聞《き》きながら、柚月《ゆずき》も絢斗《あやと》と同《おな》じくらいに顔《かお》を赤《あか》くしながら階段《かいだん》をのぼった。

◆◆◆

春休《はるやす》み初日《しょにち》。柚月《ゆずき》の最後《さいご》の撮影《さつえい》が行《おこな》われた。

最後《さいご》の撮影《さつえい》は、追加《ついか》になったお祭《まつ》りのシーン。

「ぜんぶナレーションとBGM《ビージーエム》のせるから、動《うご》きだけ合《あ》わせて、自由《じゆう》に動《うご》いて」

神社《じんじゃ》への撮影許可《さつえいきょか》、祭《まつ》りのセットにエキストラと、かなり予算《よさん》がかかっている。

原作《げんさく》にありながら脚本《きゃくほん》に組《く》みこまれなかったのも、予算《よさん》の都合上《つごうじょう》、ということだった。

「ヒナ、かわいい！」

「ほんと、さすがモデルさんだね～！」

お祭《まつ》りということで、柚月《ヒナ》の衣装《いしょう》は浴衣《ゆかた》。

スタートの声《こえ》がかかり、神社《じんじゃ》の石段《いしだん》をのぼるシーンから始《はじ》まる。

「浴衣《ゆかた》、似合《にあ》うな」

「ありがと」

「寒《さむ》くない？」

「背中《せなか》にカイロいっぱい貼《は》ってるから、大丈夫《だいじょうぶ》」

声《こえ》は入《はい》らないので、適当《てきとう》に会話《かいわ》をしながら表情《ひょうじょう》だけつくる。

絢斗《あやと》が差《さ》し出《だ》した手《て》をとり、二人《ふたり》で石段《いしだん》をのぼっていく。

「今日《きょう》でクランクアップって、寂《さび》しいな」

「だな。でも、一緒《いっしょ》にやれてすげー楽《たの》しかった」

「私《わたし》も」

ドラマが終《お》わったら、この関係《かんけい》はどうなるんだろう。

絢斗《あやと》に聞《き》きたい気持《きも》ちをおさえて、柚月《ゆずき》は笑顔《えがお》をつくる。

境内《けいだい》には、たくさんの出店《でみせ》が並《なら》んでいる。マンガのシーンを再現《さいげん》しながら、二人《ふたり》はお祭《まつ》りを楽《たの》しんだ。

「またこういうとこ、二人《ふたり》で来《き》たいな」

「ほんとだね」

絢斗《あやと》の言葉《ことば》が、ハルとしての言葉《ことば》なのか、絢斗としての言葉《ことば》なのかはわからない。

二人《ふたり》で、というのはきっと叶《かな》わない夢《ゆめ》だと思《おも》いながら、柚月《ゆずき》は笑顔《えがお》で答《こた》える。

「本日最後《ほんじつさいご》のシーン、いきまーす！　よーい……アクション！」

柚月《ゆずき》にとって最後《さいご》のシーンは、振りだけのキスシーン。

ヒナがお面《めん》をかぶって、石段《いしだん》に座《すわ》っているハルをおどろかせる。ハルはヒナのお面《めん》を外《はず》して、ふいうちにキスをするシーンだ。

「『わっ』」

「『うわっ！　……って、ヒナかよっ』」

「『びっくりしたー？』」

声《こえ》は入《はい》らないけど、動《うご》きに合《あ》わせてセリフを乗《の》せる。

絢斗《あやと》が柚月《ゆずき》のお面《めん》を外《はず》し、笑《わら》いかけた。

カメラは正面《しょうめん》からしか回《まわ》っていない。

ふたり並《なら》んで石段《いしだん》に座《すわ》ると、外《はず》したお面《めん》に隠《かく》れてキスをする、振《ふ》りをする。

絢斗《あやと》の鼻先《はなさき》が触《ふ》れ、吐息《といき》がかかる。

あと一《いっ》センチでくちびるが触《ふ》れる、もどかしい距離《きょり》。

「……しても、いい？」

ささやくような絢斗《あやと》の言葉《ことば》に、柚月《ゆずき》はそっと目《め》を開《あ》ける。

お面《めん》で隠《かく》れているので、お互《たが》いの表情《ひょうじょう》は、周囲《しゅうい》からは見《み》えない。

柚月《ゆずき》は、小《ちい》さく笑《わら》って目《め》を閉《と》じた。

「……うん」

どちらからともなく、ほんの少《すこ》しだけ顔《かお》を寄《よ》せた。

二人《ふたり》は、重《かさ》ねなくてもいいはずのくちびるを、重《かさ》ねた。


まるで、こうなるのが自然《しぜん》なことのように。

(そっか。私《わたし》は泉《いずみ》くんと、キスしたかったんだ)

そしてきっと、絢斗《あやと》のほうも。

すべてがしっくりきて、いろんなピースがはまったような気《き》がして。

練習《れんしゅう》でも、リハーサルでも、演技《えんぎ》でもない。

これは、ただの、絢斗《あやと》と柚月《ゆずき》のキスだった。

ようやく離《はな》れた互《たが》いのくちびるを惜《お》しむかのように、二人《ふたり》は見《み》つめ合《あ》った。

そして同時《どうじ》に、恥《は》ずかしさをこらえながら、笑《わら》った。

◆◆◆

こうして、柚月《ゆずき》は無事《ぶじ》に、クランクアップを迎《むか》えた。

撮影《さつえい》スタッフから花束《はなたば》を受《う》け取《と》ると、柚月《ゆずき》は胸《むね》がいっぱいになり、鼻《はな》の奥《おく》がつんと痛《いた》んだ。

「社交辞令《しゃこうじれい》とかじゃなく、またぜひ一緒《いっしょ》に作品《さくひん》を作《つく》ろう。いい役者《やくしゃ》さんになるよ」

最後《さいご》に、監督《かんとく》に言《い》われた言葉《ことば》。

『いい役者《やくしゃ》』という言葉《ことば》が、こわいくらいに胸《むね》にしみて、うれしくて、柚月《ゆずき》は号泣《ごうきゅう》した。

# 04 本命《ほんめい》は、だれ？

春休《はるやす》みに入《はい》った。

柚月《ゆずき》はドラマ撮影《さつえい》もなく、ぬけがら状態《じょうたい》に……なるひまもなく、地上波放送《ちじょうはほうそう》の番宣《ばんせん》が始《はじ》まった。

「私《わたし》、すごいすべっちゃったらどうしよう。決《き》まったこと以外《いがい》、しゃべれる自信《じしん》がない……！」

番宣《ばんせん》では、バラエティ番組《ばんぐみ》や情報番組《じょうほうばんぐみ》に出演《しゅつえん》する。

番宣《ばんせん》は基本的《きほんてき》に、後半《こうはん》の再会編《さいかいへん》を演《えん》じている大人《おとな》のメインキャストが出演《しゅつえん》することが多《おお》い。

しかし、動画配信《どうがはいしん》で中学生編《ちゅうがくせいへん》が好評《こうひょう》だったこともあって、絢斗《あやと》と柚月《ゆずき》が番宣《ばんせん》に加《くわ》わることもあった。

「大丈夫《だいじょうぶ》、適当《てきとう》にフォローするから」

「ありがとう、泉《いずみ》くん……」

不安《ふあん》げに眉《まゆ》を下《さ》げる柚月《ゆずき》に、絢斗《あやと》は間髪《かんはつ》いれずに言《い》う。

「絢斗《あやと》くん、な」

「え」

「共演者《きょうえんしゃ》が苗字《みょうじ》で呼《よ》んでんの、よそよそしいだろ」

たしかに絢斗《あやと》の言《い》うとおりだった。柚月《ゆずき》は素直《すなお》にうなずいて、答《こた》える。

「わかった。絢斗《あやと》……くん」

「よろしくな。柚月《ゆずき》ちゃん」

今日《きょう》は、朝《あさ》の情報番組《じょうほうばんぐみ》での番宣《ばんせん》。

メインキャストの大人《おとな》の俳優二人《はいゆうふたり》と、中学生編《ちゅうがくせいへん》の子役二人《こやくふたり》で収録《しゅうろく》に参加《さんか》する。

「二人《ふたり》は学校《がっこう》では、どんな感《かん》じなの？」

「ドラマ決《き》まるまで、ほとんど話《はな》したことなくて」

「へー！　それであんなに息《いき》ピッタリなの、すごいね〜！」

情報番組《じょうほうばんぐみ》の司会者《しかいしゃ》が、子役二人《こやくふたり》に話《はなし》をふる。

絢斗《あやと》がしゃべってくれるので、柚月《ゆずき》はあいづちを打《う》ちながら合《あ》わせて話《はな》す。

「学校《がっこう》で打《う》ち合《あ》わせとかできたのは、楽《らく》でしたね。あと現場《げんば》で一緒《いっしょ》に勉強《べんきょう》やったり」

「絢斗《あやと》くん、柚月《ゆずき》ちゃんのノート丸写《まるうつ》ししてたじゃん」

「ちょ、先生《せんせい》に怒《おこ》られるからやめてくださいよー！」

大人版《おとなばん》キャストの俳優《はいゆう》が絢斗《あやと》をからかうと、絢斗《あやと》も合《あ》わせるようにつっこんだ。

絢斗《あやと》のサポートもあり、春休《はるやす》みいっぱい行《おこな》われた番宣《ばんせん》の仕事《しごと》もなんとか終《お》えることができた。


春休《はるやす》み最後《さいご》の仕事《しごと》は、『LiCoCo《リココ》』の撮影《さつえい》。

……といっても、今日《きょう》の撮影《さつえい》はいつもとちがっていて。

「俺《おれ》、雑誌《ざっし》で外《そと》ロケって、初《はじ》めてかも」

「私《わたし》も、こういう企画《きかく》は初《はじ》めて」

『LiCoCo《リココ》』で、ドラマの特集《とくしゅう》ページを作《つく》ってもらえることになった。

そこで、スペシャルゲストとして絢斗《あやと》をまねいて、二人《ふたり》で屋外《おくがい》ロケを行《おこな》うことになったのだ。

「まずは二人《ふたり》の私服《しふく》コーデから撮《と》るね。そだなー……付《つ》き合《あ》いたてのカップルの初《はつ》デート、みたいな雰囲気《ふんいき》で！」

「はっ……初《はつ》デート……！」

撮影《さつえい》スタッフに言《い》われて、柚月《ゆずき》は固《かた》まる。柚月《ゆずき》は当然《とうぜん》、デートなんてしたことはなかった。

「カップル設定《せってい》、了解《りょうかい》っす！」

絢斗《あやと》はやけにうれしそうに答《こた》えると、ひじを軽《かる》く曲《ま》げて、右《みぎ》うでを差《さ》し出《だ》してきた。

となりに立《た》つ柚月《ゆずき》は、理解《りかい》が追《お》いつかずに首《くび》をかしげる。すると絢斗《あやと》は、自分《じぶん》のにのうでをポンポンと叩《たた》いた。

（うでを組《く》むってこと……!?　難易度《なんいど》たかすぎるよー……！）

戸惑《とまど》いながらも柚月《ゆずき》は、絢斗《あやと》の右《みぎ》うでに、左手《ひだりて》をそっとまわした。

「そーそー、よくできました♪」

「あ、絢斗《あやと》くんってばー……！」

絢斗《あやと》のペースにのせられて、柚月《ゆずき》の頭《あたま》はすでに沸騰寸前《ふっとうすんぜん》だった。

今日《きょう》のロケ現場《げんば》は、表参道《おもてさんどう》に新《あたら》しくオープンした、プチプラ海外《かいがい》ブランドのお店《みせ》。

二人《ふたり》でお店《みせ》をめぐり、お互《たが》いにコーデを選《えら》び合《あ》う、という企画《きかく》。

絢斗《あやと》にペースを乱されながらも、なんとかお互《たが》いのコーデを決《き》める。

買《か》った服《ふく》に着替《きが》えると、今度《こんど》は同《おな》じビルの最上階《さいじょうかい》へ。

「二人《ふたり》もスマホで自撮《じど》りしたり、写真撮《しゃしんと》り合《あ》ったりしてね。キレイに撮《と》れた写真《しゃしん》は、ページに載《の》せようと思《おも》うから」

カフェに隣接《りんせつ》したスペースにあるのは、フォトスポット。

スポットごとにカラーやテーマも違《ちが》うので、映《ば》え写真《しゃしん》や推《お》し写真《しゃしん》が撮《と》れると話題《わだい》らしい。

「絢斗《あやと》くん、自撮《じど》りうまいね」

「自撮《じど》りにうまいとか下手《へた》とかある？　柚月《ゆずき》、もっとこっち寄《よ》って」

「う、うん」

昼前《ひるまえ》にはひと通《とお》り撮影《さつえい》が終《お》わり、撮影《さつえい》スタッフは写真《しゃしん》や特集内容《とくしゅうないよう》の確認《かくにん》を始《はじ》めた。

事前《じぜん》に、カフェエリアの一角《いっかく》を、スタッフの荷物置《にもつお》き場《ば》として借《か》りていた。声《こえ》がかかるまで、二人《ふたり》はそこで待機《たいき》するように言《い》われた。

絢斗《あやと》はテーブルに置《お》かれた『LiCoCo《リココ》』の最新号《さいしんごう》を手《て》にとって、ページをめくる。

「今日撮《きょうと》ったのって、いつごろ発売《はつばい》になるの？」

「五月頭《ごがつあたま》だって。ページねじこむって言《い》ってた」

「ありがたいよな、こんなふうに宣伝《せんでん》してもらえるの。あ、この柚月《ゆずき》かわいい」

「へっ」

「ポニーテール、かわいい」

絢斗《あやと》が指《ゆび》さしたのは、『スクールコーデ特集《とくしゅう》』のページに写《うつ》る柚月《ゆずき》。

あまりにナチュラルに褒《ほ》めるので、変《へん》な声《こえ》が出《で》てしまった。

「……そ、そぉ？」

「学校《がっこう》ではこーゆー髪型《かみがた》しないよね」

「自分《じぶん》だとあんまり上手《じょうず》に結《むす》べないから」

絢斗《あやと》はパラパラと雑誌《ざっし》をめくる。

女《おんな》の子《こ》向《む》けの雑誌《ざっし》なんておもしろいのかな、と柚月《ゆずき》が思《おも》っていると、絢斗《あやと》がページをめくる手《て》を止《と》める。

そのページは、『キス特集《とくしゅう》』。

なんだか気《き》まずいページで手《て》を止《と》めたので、柚月《ゆずき》はそっと視線《しせん》を外《はず》した。

「ねぇ、一応聞《いちおうき》くんだけど」

絢斗《あやと》が見《み》ているのは、『みんなのファーストキスは何歳《なんさい》？』というアンケート結果《けっか》。

『十三歳《じゅうさんさい》』と答《こた》えている人数《にんずう》が多《おお》いのが、目《め》に入《はい》る。

あくまで読者《どくしゃ》アンケートなので、正確《せいかく》な数字《すうじ》ではない、はず、だけど。

「あれって、ファーストキス？」

絢斗《あやと》は「あ、口《くち》にってことね」と付《つ》け加《くわ》える。

美術室《びじゅつしつ》での、最初《さいしょ》のキスシーンの練習《れんしゅう》。

柚月《ゆずき》にとってはもちろんあれがファーストキスだったけど、あえてそれを絢斗《あやと》に言《い》うのも変《へん》な気《き》がして。

「………のーこめんとで」

「ふふ、そうか」

とりあえずごまかしたけど、全然《ぜんぜん》ごまかせていなかったみたいだ。

絢斗《あやと》がうれしそうに笑《わら》ったので、柚月《ゆずき》もなんとか聞《き》き返《かえ》す。

「あ、絢斗《あやと》くんはどうなの」

「ないしょ」

「ず、ずるい！」

絢斗《あやと》には、はぐらかされてしまった。

「あれ、この柚月《ゆずき》のとなりの子、共演《きょうえん》したことあるかも」

「え、どの子《こ》どの子《こ》？」

身体《からだ》を寄《よ》せて、絢斗《あやと》が手《て》に持《も》つ『LiCoCo《リココ》』をのぞきこむと、めずらしく絢斗《あやと》が照《て》れたように言《い》う。

「……柚月《ゆずき》、近《ちか》い」

「えっ、あ、ごめん」

絢斗《あやと》に言《い》われ、柚月《ゆずき》はあわてて距離《きょり》をとった。

「一緒《いっしょ》にいすぎて、距離感《きょりかん》わかんなくなってる」

「ほんとだな。お互《たが》い気《き》をつけよ」

あまりにも濃厚《のうこう》な三《さん》ヶ月間《げつかん》を過《す》ごしたおかげで、柚月《ゆずき》は絢斗《あやと》のことを家族以上《かでくいじょう》に近《ちか》い存在《そんざい》のように感《かん》じてしまっていた。

（ふしぎな関係《かんけい》、だな。付《つ》き合《あ》ってもないのに、あんなに何度《なんど》もキスした同級生《どうきゅうせい》って）

クランクアップの日《ひ》のキスを思《おも》い出《だ》すと、いまでもお腹《なか》のあたりがしくしくする。

あれはただの、いいいしたかったからしてしまったキス、だ。

『なんでしたの？』と聞《き》けばいいんだろうけど、聞《き》いてしまうとたぶん、受《う》け入《い》れた柚月《ゆずき》のほうもなにかの答《こた》えを出《だ》さないといけなくなりそうで。

その覚悟《かくご》はなくて、なんとなく核心《かくしん》を避《さ》けたまま、だけど距離《きょり》を置《お》くわけでもない。

そんなふしぎな二人《ふたり》の関係《かんけい》が、続《つづ》いていた。

「絢斗《あやと》くんもドラマ、もうすぐクランクアップだよね」

「うん、再来週《さらいしゅう》くらいかな。でも夏《なつ》に舞台《ぶたい》とグループのツアーがあるから、その稽古《けいこ》がすぐに始《はじ》まる」

「忙《いそが》しいね」

「柚月《ゆずき》は、最近《さいきん》もオーディション受《う》けてんの？」

「うん、ちょこちょこね。この前《まえ》、CM《シーエム》が決《き》まったの。『アクアスウェット』の」

「すげぇ！　超大手《ちょうおおて》じゃん、おめでとう」

「ありがとー！　ダメもとだったから、まだ信《しん》じられない」

ドラマ収録中《しゅうろくちゅう》に受《う》けていたオーディションの結果《けっか》が、つい先日届《せんじつとど》いた。

毎年《まいとし》、駆《か》け出《だ》しの若手女優《わかてじょゆう》が起用《きよう》される、清涼飲料水《せいりょういんりょうすい》のCM《シーエム》。

動画配信《どうがはいしん》されたドラマの効果《こうか》だろうと、天音《あまね》は言《い》っていた。

「あと、舞台《ぶたい》も決《き》まるかもしれない」

「すごい。順調《じゅんちょう》じゃん」

「絢斗《あやと》くんに、なにかお礼《れい》しなきゃだね」

柚月《ゆずき》が言《い》うと、絢斗《あやと》は「ん？」と首《くび》をかしげた。

「俺《おれ》？　なんで？」

「だってＣＭ《シーエム》も舞台《ぶたい》も、決《き》まったの、絢斗《あやと》くんのおかげだもん。絢斗《あやと》くんが相手役《あいてやく》じゃなかったら……みんなに認《みと》めてもらえるような演技《えんぎ》はできなかった」

それは、柚月《ゆずき》の本音《ほんね》だった。

演技初心者《えんぎしょしんしゃ》にもかかわらず、たくさんのところで良《よ》い評価《ひょうか》をもらった。

でもそれは、相手役《あいてやく》が絢斗《あやと》だったおかげで、ほどよく力《ちから》を抜《ぬ》いて演技《えんぎ》ができたから。

柚月《ゆずき》は、そう思《おも》っていた。

「それはちがうよ」

しかし絢斗《あやと》は、かぶりを振《ふ》って答《こた》える。

「柚月《ゆずき》が柚月《ゆずき》の演技《えんぎ》をして、それが評価《ひょうか》されたんだ。俺《おれ》が一緒《いっしょ》でやりやすかったかもしれないけど、俺《おれ》が柚月《ゆずき》に演技《えんぎ》させたわけじゃないし」

絢斗《あやと》の言葉《ことば》には説得力《せっとくりょく》があった。

「そ……そう、かな」

たしかに、演技《えんぎ》をしたのは柚月自身《ゆずきじしん》。

仕事《しごと》に対《たい》してまっすぐな絢斗《あやと》らしい言葉《ことば》だと、柚月《ゆずき》は思《おも》った。

「でもお礼《れい》は欲《ほ》しい」

「……そういうとこも、絢斗《あやと》くんらしいね」

柚月《ゆずき》が言《い》うと、絢斗《あやと》はニヤリと笑《わら》った。

「お礼《れい》、なにがいいかなー。俺《おれ》が柚月《ゆずき》にしてほしいことかぁ」

「そういうのじゃなくて、お菓子《かし》とかジュースおごるとか、そういうお礼《れい》を……」

「今日《きょう》みたいにデートしたいけど、それは無理《むり》だし……」

「き、聞《き》いてる?」

「もう一回《いっかい》キス……はさすがにルール違反《いはん》な感《かん》じするしなー」

「…………」

柚月《ゆずき》があきれていると、絢斗《あやと》はバッグからボールペンとメモ帳《ちょう》を取《と》り出《だ》し、なにかサラサラと書《か》き始《はじ》めた。

メモには『柚月《ゆずき》が望《のぞ》みを叶《かな》えてくれる券《けん》』と書《か》かれている。

「ここぞという時《とき》に使《つか》わせてもらいます」

「そういうの、自分《じぶん》で書《か》くものなの……？」

「ふふふ」

柚月《ゆずき》の言葉《ことば》を笑《わら》ってごまかして、絢斗《あやと》は券《けん》を財布《さいふ》にしまいこんだ。

◆◆◆

春休《はるやす》みが明《あ》け、新学期《しんがっき》が始《はじ》まった。

「泉先輩《いずみせんぱい》！　写真《しゃしん》いっしょにいいですかぁ？」

「はいはーい」

絢斗《あやと》はさっそく、新入学《しんにゅうがく》の一年生《いちねんせい》に囲《かこ》まれていた。

それに、柚月《ゆずき》も。

「逢坂先輩《おうさかせんぱい》、ドラマすごくよかったです！　『LiCoCo《リココ》』も毎月《まいつき》、読《よ》んでます！」

「わ～、ありがとう！」

ドラマのおかげで、こうやって声《こえ》をかけてくれる人《ひと》がだんだん増《ふ》えてきた。

地上波放送《ちじょうはほうそう》は四月《しがつ》からなので、天音《あまね》は「これからも〜っと知名度《ちめいど》あがるわよ!」と鼻息《はないき》をあらくしていた。

二年生《にねんせい》になった絢斗《あやと》と柚月《ゆずき》は、同《おな》じクラスになった。真帆《まほ》やマツも、同《おな》じクラスだった。

出席番号一番《しゅっせきばんごういちばん》の泉《いずみ》と、二番《にばん》の逢坂《おうさか》なので、席《せき》も前後《ぜんご》で並《なら》んでいる。だけど……

「……ねえ。学校《がっこう》で話《はな》すの、まだ禁止《きんし》なの?」

絢斗《あやと》はみんなに気《き》づかれないように、ヒソヒソと柚月《ゆずき》に話《はな》しかける。

「…………うん、ダメ」

「こんな近《ちか》くにいるのにー……」

うなだれながらも、ちゃんと柚月《ゆずき》との約束《やくそく》を守《まも》ってくれている絢斗《あやと》はやさしいなと、柚月《ゆずき》は思《おも》った。

◆◆◆

中学二年《ちゅうがくにねん》、最初《さいしょ》の校内《こうない》イベントは遠足《えんそく》だった。

「ごめぇえん……風邪《かぜ》、ひいぢゃっだぁ……」

しかし、柚月《ゆずき》の親友《しんゆう》・真帆《まほ》は、風邪《かぜ》をひいてお休《やす》みに。症状《しょうじょう》はひどくないようなので、ひとまずほっとする。

(真帆《まほ》がいないってことは、ぼっちだー……バスもひとりで座《すわ》るしかないかなぁ)

目的地《もくてきち》の自然公園《しぜんこうえん》までは、バスでの移動《いどう》。

ゆううつな気持《きも》ちでバスに乗《の》りこむ列《れつ》に並《なら》ぶと、後《うし》ろに並《なら》んでいた女子《じょし》が話《はな》しかけてきた。

「逢坂《おうさか》さん、一人《ひとり》?」

同《おな》じクラスの、黄瀬《きせ》ひまり。クラスの女子《じょし》ではいちばんギャルっぽい元気《げんき》な子《こ》。

「うん。友達《ともだち》が風邪《かぜ》ひいちゃって」

「なら一緒《いっしょ》に座《すわ》ろうぜ」

「え、お邪魔《じゃま》していいの?」

願《ねが》ってもない提案《ていあん》に、柚月《ゆずき》は飛《と》び跳《は》ねたいくらいの気持《きも》ちだった。

「ウチ補助席《ほじょせき》いくし、ええよ。一緒《いっしょ》に座《すわ》ろ」

ひまりと一緒《いっしょ》に話《はな》しかけてくれたのは、草野《くさの》ナズナ。ショートボブで小顔《こがお》の、関西《かんさい》弁女子《べんじょし》。

快活《かいかつ》に笑《わら》って言《い》うナズナに、柚月《ゆずき》は遠慮《えんりょ》しながら首《くび》を振《ふ》る。

「それは申《もう》し訳《わけ》ないから、私《わたし》が補助席《ほじょせき》でお願《ねが》いします！」

「じゃあ、一番後《いちばんうし》ろの席《せき》いこか」

ナズナの提案《ていあん》どおり、三人《さんにん》はバスの一番後《いちばんうし》ろの五人席《ごにんせき》に、並《なら》んで座《すわ》った。すると。

「となり、いいっすか」

そう声《こえ》をかけてきたのは、絢斗《あやと》。マツとふたりで座《すわ》る席《せき》を、探《さが》していたようだ。

「ど、どうぞ」

ここで断《ことわ》るわけにもいかず、柚月《ゆずき》はそわそわしながらうなずいた。

結局《けっきょく》、バスの一番後《いちばんうし》ろの五人席《ごにんせき》に、マツ・絢斗《あやと》・柚月《ゆずき》・ナズナ・ひまりの順《じゅん》に並《なら》んで座《すわ》った。出発《しゅっぱつ》するなり、絢斗《あやと》はうでを組《く》んで寝《ね》てしまった。

「あの、黄瀬《きせ》さんも草野《くさの》さんも、声《こえ》かけてくれてほんとにありがとね」

「呼《よ》び捨《す》てでええよ。ウチらドラマ《ブルセン》、むっちゃハマってんねん」

ナズナが言《い》うと、ひまりもこちらに身《み》を乗《の》りだしてくる。

「そうそう！　ヒナが泣《な》くとこはほぼ一緒《いっしょ》に泣《な》いてた」

「えー！　うれしい、どうしよう！」

「てかその前《まえ》からアタシら、『LiCoCo《リココ》』読者《どくしゃ》だし！　アタシらのゆずが全国《ぜんこく》に知《し》られて、さみしい」

「ホンマは去年《きょねん》からゆずに話《はな》しかけたいって思《おも》っとったけど、なんかヒヨってたわ」

「それな」

『LiCoCo《リココ》』の読《どく》モとしてデビューした頃《ころ》から、柚月《ゆずき》は雑誌《ざっし》の中《なか》でゆ、ずという愛称《あいしょう》で呼《よ》ばれていた。

ゆずと呼《よ》んでくれる時点《じてん》で、二人《ふたり》が読《どく》モとしての柚月《ゆずき》をちゃんと知《し》ってくれているんだとわかる。

バスに揺《ゆ》られ、目的地《もくてきち》の自然公園《しぜんこうえん》に着《つ》いた。

特《とく》にイベントはなく、広場《ひろば》にレジャーシートを敷《し》いて弁当《べんとう》を食《た》べ、だらだら遊《あそ》んで帰《かえ》るだけの遠足《えんそく》。

「泉《いずみ》もマツも、ちょっと離《はな》れろよ。女子《じょし》トークしたいじゃん」

レジャーシートを敷《し》く場《ば》所《しょ》を探《さが》していると、絢斗《あやと》とマツもそれについてきた。

かみつくように、ひまりが言《い》う。

「柚月《ゆずき》が黄瀬《きせ》に取《と》って食《く》われるんじゃないかって心配《しんぱい》で……」

「食《く》うかよ！　てめェじゃねぇのか、ゆず食《く》おうとしてんのは！」

「もー、メンドクセーからシート敷《し》くぞー」

二人《ふたり》の言《い》い合《あ》いを気《き》にすることなく、マツはレジャーシートを広《ひろ》げ始《はじ》める。

「お、落《お》ち着《つ》いて……」

「大丈夫《だいじょうぶ》やで、ゆず。この二人《ふたり》は去年《きょねん》からこんな感《かん》じやねん」

ナズナも慣《な》れた様子《ようす》で、マツのとなりにレジャーシートを並《なら》べて敷《し》いた。

柚月以外《ゆずきいがい》の四人《よにん》は、去年《きょねん》も同《おな》じクラスでそこそこ仲《なか》が良《よ》かったらしい。

弁当《べんとう》を食《た》べ終《お》えると、男子二人《だんしふたり》は他《ほか》の男子《だんし》にまざってサッカーを始《はじ》めた。

ひまりはレジャーシートに横《よこ》になり、バッグから雑誌《ざっし》を取《と》り出《だ》した。

「じゃーん。『LiCoCo《リココ》』最新号《さいしんごう》、買《か》ってきたぜ」

「ひまり、グッジョブや。読《どく》モ本人《ほんにん》の前《まえ》で読《よ》むんは気《き》ぃ引《ひ》けるけど、かまわへん？」

「うんうん、全然《ぜんぜん》だいじょうぶ！」

ナズナはお菓子《かし》をひろげ、二人《ふたり》は雑誌《ざっし》を読《よ》み始《はじ》める。

この服欲《ふくほ》しい、このモデルかわいい……なんて、わいわい言《い》いながら。

「二人《ふたり》はずっと、『LiCoCo《リココ》』派《は》？」

「小三《しょうさん》から読《よ》んでるガチ勢《ぜい》だよ。うちの学校《がっこう》ギャル少《すく》ないってゆーか、こういうの興《きょう》味《み》あるやつ少《すく》ないもんな」

「ウチとひまりも、お互《たが》い『LiCoCo《リココ》』読者《どくしゃ》ってわかって仲良《なかよ》うなってん」

「年齢的《ねんれいてき》に、そろそろ『LiCoCo《リココ》』も卒業《そつぎょう》かなって思《おも》うけどな」

『LiCoCo《リココ》』は、小中学生《しょうちゅうがくせい》をメインターゲットにした雑誌《ざっし》。

たしかにすこしずつ、お姉《ねえ》さんの雑誌《ざっし》に移行《いこう》する時期《じき》かもしれない。

「でもさ、ゆずはえらいよな。アタシら毎日《まいにち》ダラダラしてるだけなのに、ゆずは仕事《しごと》して金稼《かねかせ》いでるもんな」

「あはは、稼《かせ》いではないよ！　やりたくてやってるだけだしね」

「泉《いずみ》もあんなんだけど、ちゃんと仕事《しごと》やってるもんな。そこだけは尊敬《そんけい》する」

口喧嘩《くちげんか》するだけじゃなく、ひまりは絢斗《あやと》の良《よ》いところもちゃんとわかっていた。

柚月《ゆずき》は、なんだかうれしくなった。

「二人《ふたり》は、絢斗《あやと》くんと仲良《なかい》いんだね」

「去年同《きょねんおな》じクラスやったからな。小学校《しょうがっこう》でも泉《いずみ》のファンはちょいちょいおったし、もともと知《し》っとったけどな」

絢斗《あやと》は、六年生《ろくねんせい》の頃《ころ》からアイドルグループに加入《かにゅう》していた。ナズナたちが通《かよ》っていた小学校《しょうがっこう》にも、すでにファンがいたらしい。

小学校《しょうがっこう》の頃《ころ》の話《はなし》になり、ひまりは笑《わら》いをこらえながら言《い》う。

「泉《いずみ》のモテ伝説《でんせつ》は、やばいよな」

「クラスの女子《じょし》、八割切《はちわりぎ》りやろ？」

「誤解《ごかい》させるような言《い》い方《かた》すんなよ」

いつのまにか後《うし》ろにいた絢斗《あやと》が、ひまりとナズナの噂話《うわさばなし》に口《くち》を挟《はさ》んだ。お茶《ちゃ》を飲《の》みに、戻《もど》ってきたようだ。

「八割切《はちわりぎ》りって、なに……？」

「柚月《ゆずき》は、聞《き》かなくていいから」

柚月《ゆずき》に対《たい》しても強《つよ》い口調《くちょう》で返答《へんとう》した絢斗《あやと》を見《み》て、ひまりはケラケラと笑《わら》った。

「泉《いずみ》が小学生《しょうがくせい》の頃《ころ》、クラスの女子《じょし》の八割《はちわり》から告白《こくはく》されたけど、一人《ひとり》もOK《オーケー》しなかったって話《はなし》になってさ」

「『女子《じょし》に興味《きょうみ》ないんかもな〜』って話《はなし》になってん」

「多様性《たようせい》の時代《じだい》だからな」

「だからちがうって！」

ひまりとナズナは、絢斗《あやと》をからかうように言《い》った。

「俺《おれ》だって好《す》きな子《こ》から告白《こくはく》されてたら、ちゃんとOK《オーケー》してたよ」

絢斗《あやと》はふくれながら、反論《はんろん》する。

「そんだけ告《こく》られて、本命《ほんめい》はすり抜《ぬ》けたのか！」

「なぁ、本命《ほんめい》ってだれなん？　だれにも言《い》わへんから、言《い》うてみ？」

「言《い》うわけねーだろ」

ひまりとナズナに絡《から》まれ、絢斗《あやと》は不機嫌《ふきげん》な様子《ようす》で言《い》った。

（そ、そんなにモテてたんだ……）

柚月《ゆずき》はだまって話《はなし》を聞《き》きながら、内心《ないしん》おどろいていた。

絢斗《あやと》がクラスの女子《じょし》からモテていたことは知《し》っていたけど、八割《はちわり》の女子《じょし》が告白《こくはく》したことまでは知《し》らなかった。

「つか、ゆずも泉《いずみ》と同《おな》じ小学校《しょうがっこう》だったのか！　マジで泉《いずみ》の本命《ほんめい》、ゆずなんじゃね!?」

「もしそうだったとしても黄瀬《きせ》にだけは言《い》わねー」

「クソ！　ケチ泉《いずみ》！」

絢斗《あやと》がそれほどモテていたこと、そのころ本命《ほんめい》がいたこと。

柚月《ゆずき》はそのどちらにも衝撃《しょうげき》を受《う》けていて、ひまりと絢斗《あやと》のやり取《と》りはほとんど聞《き》いていなかった。

帰《かえ》りのバスも、最後列《さいこうれつ》に五人並《ごにんなら》んで座《すわ》った。

「柚月《ゆずき》。さっきの、誤解《ごかい》だからな。信《しん》じるなよ」

「え？　あぁ、うん」

同性《どうせい》が好《す》きだと言《い》われたことを絢斗《あやと》は気《き》にしていたようで、あらためて柚月《ゆずき》に誤解《ごかい》だと伝《つた》えてきた。

柚月《ゆずき》が気《き》になっていたのはそこではなかったけれど、絢斗《あやと》はわかっていなかった。

「みんな爆睡《ばくすい》だな」

バスに乗《の》ったクラスメイトのほとんどは、寝《ね》ていた。

ひまり、ナズナ、そしてマツも。

起《お》きている生徒《せいと》も、周《まわ》りを気遣《きづか》ってひそひそと話《はな》している。

「ほんと……半分以上《はんぶんいじょう》、寝《ね》てるね」

絢斗《あやと》はちらりと柚月《ゆずき》を見《み》る。

なにかと思《おも》って、柚月《ゆずき》が首《くび》をかしげると。

絢斗《あやと》は柚月《ゆずき》の左手《ひだりて》の上《うえ》に、自分《じぶん》の右手《みぎて》を重《かさ》ねてきた。

「……びっ、くりした」

その手《て》を握《にぎ》りなおし、恋人《こいびと》つなぎのように指《ゆび》をからませる絢斗《あやと》。

「上着《うわぎ》かけとこ」

絢斗《あやと》は左手《ひだりて》で器用《きよう》にパーカーを広《ひろ》げ、手《て》が隠《かく》れるようにかけた。

からんだ指《ゆび》、触《ふ》れあう肌《はだ》の感触《かんしょく》、熱《ねつ》。全神経《ぜんしんけい》が、そこに集中《しゅうちゅう》する。

みんなに気《き》づかれないかとドキドキして、そわそわして、体温《たいおん》が急激《きゅうげき》に上昇《じょうしょう》する。

(これも、『振《ふ》り向《む》かせたいからやってる』、なのかな)

たしかに、絢斗《あやと》の作戦《さくせん》はうまくいっていると思《おも》う。

こうして距離《きょり》が縮《ちぢ》まることで、柚月《ゆずき》は確実《かくじつ》に絢斗《あやと》を意識《いしき》してしまっているからだ。

(イヤなら逃《に》げてって、言《い》われたけど……)

イヤじゃない。だから、逃《に》げるのもちがう気《き》がする。

悶々《もんもん》と考《かんが》えていると、絢斗《あやと》はひとつあくびをした。

「絢斗《あやと》くんも、眠《ねむ》くなってきた?」

「このあと収録《しゅうろく》なんだ。いま寝《ね》たら身体《からだ》動《うご》かない気《き》がする」

「遠足《えんそく》のあとで大変《たいへん》だね……アメ、いる?」

あいた右手《みぎて》で、柚月《ゆずき》はごそごそとリュックを探《さぐ》る。棒《ぼう》つきのキャンディを一本《いっぽん》、取《と》り出《だ》した。

……けど、二人《ふたり》とも片手《かたて》がふさがっているので、包《つつ》み紙《がみ》を開《あ》けることができない。

「共同作業《きょうどうさぎょう》しよ」

そう言《い》って絢斗《あやと》が、左手《ひだりて》を差《さ》し出《だ》す。

柚月《ゆずき》が持《も》っているキャンディの包《つつ》み紙《がみ》を、絢斗《あやと》は左手《ひだりて》一本《いっぽん》で器用《きよう》に取《と》り外《はず》した。

「ん」

そして絢斗《あやと》は、「あーん」と言《い》うかのように、柚月《ゆずき》に向《む》かって口《くち》を開《あ》けた。

柚月《ゆずき》がおずおずと右手《みぎて》でキャンディを差《さ》し出《だ》すと、絢斗《あやと》はぱくりとくわえこむ。

「さんきゅう」

「う、ん」

照《て》れくさくて恥《は》ずかしくて、柚月《ゆずき》は顔《かお》をそむけた。

「やっぱちょっと寝《ね》よっかな」

絢斗《あやと》はそう言《い》うと、手《て》をつないだままで柚月《ゆずき》の左肩《ひだりかた》に頭《あたま》をのせた。

さらに密着《みっちゃく》して、柚月《ゆずき》は身動《みうご》きがとれない。

(逃《に》げるタイミング、失《うしな》った……)

イヤじゃなくてもたまには逃《に》げなきゃいけないと、柚月《ゆずき》はようやく学《まな》んだ。

絢斗《あやと》は口《くち》にキャンディをくわえたまま、寝息《ねいき》をたてはじめた。

キャンディがのどに刺《さ》さらないか心配《しんぱい》しながらも、口《くち》から抜《ぬ》き取《と》るのもどうかと思《おも》って、柚月《ゆずき》はそのまま見守《みまも》ることにした。

(あの頃《ころ》、本命《ほんめい》がいたんだ。私《わたし》、絢斗《あやと》くんのことなにも知《し》らないな……)

小学五年生《しょうがくごねんせい》で転校《てんこう》してきて、クラスの女子《じょし》のほとんどをとりこにした絢斗《あやと》。

その本命《ほんめい》は少《すく》なくとも、柚月《ゆずき》じゃないことはたしかだった。
同《おな》じクラスだったとはいえ、絢斗《あやと》とはほとんど関《かか》わりがなかったから。
(その本命《ほんめい》さんは、どうなったんだろう。今《いま》は私《わたし》が、本命《ほんめい》……ってことなのかな)
考《かんが》え始《はじ》めるとモヤモヤしてきて、柚月《ゆずき》は考《かんが》えを手離《てばな》した。
絢斗《あやと》は、柚月《ゆずき》への気持《きも》ちについてはっきりと言葉《ことば》にはしていない。
絢斗《あやと》の想《おも》いはなんとなく感《かん》じてはいる、けれど。
(絢斗《あやと》くんは、返事《へんじ》が欲《ほ》しいわけでは、ないのかな)
そう思《おも》うのは絢斗《あやと》が一度《いちど》も、柚月自身《ゆずきじしん》の気持《きも》ちを聞《き》いてこないから。
(私《わたし》の気持《きも》ちが追《お》いつくまで、待《ま》ってくれてる……のかな)
好《す》きとか、付《つ》き合《あ》うとか、恋人《こいびと》とか、まったくピンと来《こ》ない。
演《えん》じるうえでは理解《りかい》できても、自分《じぶん》に置《お》き換《か》えるといまいち実感《じっかん》がない。
(でも……手《て》をつないだり、キスしたりするのは、幸《しあわ》せだな)
それはきっと、絢斗《あやと》が相手《あいて》だからなんだろう。
いつか、この気持《きも》ちを、言葉《ことば》にできる日《ひ》が来《く》ればいいな。
柚月《ゆずき》は絢斗《あやと》の手《て》を、ぎゅっと握《にぎ》りなおした。

05

# そのきらめきに気《き》づいたとき

四月末《しがつまつ》、絢斗《あやと》もドラマのクランクアップを迎《むか》えた。

柚月《ゆずき》は現場《げんば》にいなかったので、学校《がっこう》で絢斗《あやと》にこっそり「おめでとう」と伝《つた》えた。

「ぜったい通学鞄《スクバ》は黒系《くろけい》がいいよね。うちの学校《がっこう》のスクバ、ほんとダサイもん」

「真帆《まほ》も思《おも》う？　てか今《いま》どき白《しろ》ショルダーはナイわなぁ……昭和《しょうわ》やんって」

「アタシもうスクバ捨《す》てたよ。センセーには、『スクバ燃《も》えた』って言《い》った」

「ひまりは強《つよ》すぎ」

遠足以来《えんそくいらい》、柚月《ゆずき》はひまりやナズナともよく話《はな》すようになった。

真帆《まほ》も遠足《えんそく》には行《い》けなかったけど、『LiCoCo《リココ》』読者仲間《どくしゃなかま》ということですぐに二人《ふたり》と打《う》ち解《と》けた。

五月《ごがつ》に入《はい》ると、柚月《ゆずき》が出演《しゅつえん》する舞台《ぶたい》の稽古《けいこ》が始《はじ》まった。

絢斗《あやと》も、舞台稽古《ぶたいげいこ》やライブツアーの準備《じゅんび》で忙《いそが》しそうにしていた。

仕事《しごと》で会《あ》う機会《きかい》も少《すく》なくなって、学校《がっこう》でも話《はな》すことはほとんどない。

話《はな》せないのはさみしいけれど、学校《がっこう》で絢斗《あやと》と目《め》が合《あ》う回数《かいすう》は、増《ふ》えたような気《き》がして。

目《め》が合《あ》うだけでいつも、心臓《しんぞう》をつかまれたみたいにドキッとしてしまう。


稽古《けいこ》のあいまで中間《ちゅうかん》テストをなんとか乗《の》り越《こ》えた、五月末《ごがつまつ》。

先日《せんじつ》決《き》まった『アクアスウェット』のＣＭ《シーエム》撮影《さつえい》が行《おこな》われた。

「柚月《ゆずき》――っ！　走《はし》れ、走《はし》れ、走《はし》れ、走《はし》れ――っ！」

今回《こんかい》のＣＭ《シーエム》のテーマは『うるおせ、思春期《ししゅんき》』。

恋《こい》や学校生活《がっこうせいかつ》に思《おも》い悩《なや》む女《おんな》の子《こ》の葛藤《かっとう》を、ストーリー仕立《じた》てにみずみずしく描《えが》く、というコンセプト。

「ラストぉッ！　がんばれ――っ！」

午前中《ごぜんちゅう》、ストーリー部分《ぶぶん》の撮影《さつえい》を終《お》えると、午後《ごご》はひたすら、泣きと走りの演技《えんぎ》。

「カットォ、ＯＫ《オーケー》ッ！　がんばったな、柚月《ゆずき》っ！」

「ハァ、ハァ…………っ！」

泣《な》いて、走《はし》っては、飲《の》んで、また泣《な》いて、走《はし》って、飲《の》んで。

息《いき》も絶《た》え絶《だ》えで、監督《かんとく》のOK《オーケー》の声《こえ》にも反応《はんのう》できずに座《すわ》りこんだ。

「いい映像《えいぞう》、撮《と》れたぜ。CM《シーエム》、楽《たの》しみにしてな」

「は、ハイ…………っ！」

監督《かんとく》はとにかく、熱《あつ》かった。

その熱《ねつ》に押《お》されるように走《はし》り抜《ぬ》き、柚月《ゆずき》は身体中《からだじゅう》の水分《すいぶん》がうばわれたような心地《ここち》だった。


CM《シーエム》撮影《さつえい》の翌日《よくじつ》は、なんと球技大会《きゅうぎたいかい》。

昨日《きのう》の疲《つか》れをすべて残《のこ》したまま、今日《きょう》を迎《むか》えた。

「うわぁ、ゆず……ボロボロだね」

「今日《きょう》はほんとに……戦力《せんりょく》になれません……」

へたりこむ柚月《ゆずき》を、真帆《まほ》が心配《しんぱい》した様子《ようす》で見《み》つめる。

午前《ごぜん》は、ソフトボールの応援《おうえん》。

柚月《ゆずき》が出場《しゅつじょう》するのは、午後《ごご》のドッジボールだけだった。

「うわ、男子《だんし》ソフトの観客《かんきゃく》、すご！」

「ほんと……みんな絢斗《あやと》くんの応援《おうえん》かな」

「じゃない？」

ソフトボールには絢斗《あやと》が出場《しゅつじょう》するようで、各学年《かくがくねん》の女子《じょし》たちが応援《おうえん》に来《き》ていた。

「ゆず、真帆《まほ》ー！　場所《ばしょ》とっといたで〜」

ナズナとひまりが観客席《かんきゃくせき》の場所《ばしょ》を確保《かくほ》してくれていたので、柚月《ゆずき》と真帆《まほ》もそこに加《くわ》わった。


試合《しあい》は点《てん》の取《と》り合《あ》いだった。初回《しょかい》に三点《さんてん》を先制《せんせい》されたかと思《おも》うと、うちのクラスもヒットを重《かさ》ねてすぐに満塁《まんるい》となる。

迎《むか》えたバッターは、絢斗《あやと》。初球《しょきゅう》を打《う》った絢斗《あやと》の打球《だきゅう》は、センターの頭上《ずじょう》を越《こ》える。

絢斗《あやと》は、前《まえ》の走者《そうしゃ》を追《お》い抜《ぬ》きそうな速《はや》さで塁《るい》を駆《か》け抜《ぬ》け、ホームベースに滑《すべ》りこむ。

相手《あいて》キャッチャーは野手《やしゅ》からの返球《へんきゅう》をなんとか捕球《ほきゅう》したものの、タッチが間《ま》に合《あ》わず、絢斗《あやと》はみごとランニング満塁《まんるい》ホームランを決《き》めた。観客《かんきゃく》の女子《じょし》たちはもちろん、大興奮《だいこうふん》だった。

「あいつって、弱点《じゃくてん》とかねーの？　ゆず、知《し》らない？」

「弱点《じゃくてん》……」

ひまりに聞《き》かれて思《おも》いつくのは、石膏像《せっこうぞう》とキスしてたってことくらい。

でも、それを話《はな》すわけにはいかないので、「ぜんぜん思《おも》いつかない」とごまかした。

一回裏《いっかいうら》が終《お》わり、絢斗《あやと》たちはふたたび守備《しゅび》につく。

観客席《かんきゃくせき》にはテントが張《は》られているので、日陰《ひかげ》ではあったけれど、前日《ぜんじつ》の疲《つか》れもあって柚月《ゆずき》はぼんやりしていた。

ひまりが、心配《しんぱい》そうに柚月《ゆずき》の様子《ようす》をうかがう。

「ゆず、顔色悪《かおいろわる》くね？　保健室《ほけんしつ》で寝《ね》てたほうがいいんじゃね？」

「昨日《きのう》、がんばりすぎちゃって。でもたぶん大丈《だいじょう》……」

言《い》いかけたとき、「危《あぶ》ない！」という声《こえ》が聞《き》こえた。

つぎの瞬間《しゅんかん》、周囲《しゅうい》の悲鳴《ひめい》と同時《どうじ》に、人影《ひとかげ》が目《め》の前《まえ》に転《ころ》がりこんでくる。

一瞬《いっしゅん》の出来事《できごと》に、柚月《ゆずき》はまったく状況《じょうきょう》がつかめなかったけれど。

転《ころ》がってきたのは、絢斗《あやと》。左手《ひだりて》のグローブには、白《しろ》いボールがおさまっていた。

「大丈夫《だいじょうぶ》!?」

柚月《ゆずき》が声《こえ》をかけるよりも早《はや》く、絢斗《あやと》はぱっと起《お》き上《あ》がり、声《こえ》をあげた。柚月《ゆずき》を、心《しん》配《ぱい》そうに見《み》つめている。

「だ……………いじょう、ぶ」

柚月《ゆずき》にも、ようやく状況《じょうきょう》がわかってきた。三塁《さんるい》を守《まも》っていた絢斗《あやと》が、柚月《ゆずき》のほうに飛《と》んできたファウルボールを、ぎりぎりのところでキャッチしたのだ。

柚月《ゆずき》が答《こた》えると、絢斗《あやと》はほっとしたように「よかった」と笑《わら》って、立《た》ち上《あ》がる。

「……みんな、男子《だんし》の後《うし》ろ行《い》ってな。危《あぶ》ないから」

絢斗《あやと》が周囲《しゅうい》の女子《じょし》に向《む》かって言《い》うと、女子《じょし》たちのほとんどが黄色《きいろ》い悲鳴《ひめい》をあげた。

絢斗《あやと》はこっそり柚月《ゆずき》と目《め》を合《あ》わせて、口《くち》の動《うご》きで「うしろ」と伝《つた》えた。

柚月《ゆずき》は素直《すなお》にうなずいて、さりげなく男子《だんし》たちの後《うし》ろに下《さ》がった。


午後《ごご》は、体育館《たいいくかん》でドッジボールが行《おこな》われた。

「ゆずー！　もう無理《むり》せず、出《で》ておいでーっ！」

コートの外《そと》から、真帆《まほ》が大《おお》きな声《こえ》を出《だ》す。

「わ、わざと当《あ》たるのもこわいよー……っ！」

コート内《ない》に残《のこ》っているのは、相手《あいて》チームが一人《ひとり》、味方《みかた》チームは柚月一人《ゆずきひとり》だった。

キャッチするのも当《あ》たるのもイヤで逃《に》げ回《まわ》っていたら、とうとう最後《さいご》の一人《ひとり》になってしまったのだ。

(こんなことなら、大勢《おおぜい》いるときにまぎれて出《で》ちゃえばよかった……！)

クラスメイトからは、「がんばれ」の声《こえ》と「無理《むり》するな」の声《こえ》、両方《りょうほう》が聞《き》こえる。

泣《な》きそうになりながら逃《に》げ回《まわ》っていると、一瞬《いっしゅん》、めまいがした。

(やばっ……)

柚月《ゆずき》は体勢《たいせい》をくずし、相手《あいて》コートから飛《と》んできたボールが顔面《がんめん》を直撃《ちょくげき》する。

その瞬間《しゅんかん》、柚月《ゆずき》は意識《いしき》を失《うしな》った。

◆◆◆

気《き》が付《つ》くと、柚月《ゆずき》は保健室《ほけんしつ》にいた。真《ま》っ白《しろ》なシーツのかかったベッドに、横《よこ》になっている。

(どう……なったんだっけ……)

顔面《がんめん》でボールを受《う》け止《と》めたことは、覚《おぼ》えている。

ソフトバレーボールを使《つか》ってのドッジボールだったので、痛《いた》みはそれほど感《かん》じなかった。

ぼんやりと目《め》を開《あ》けて、ふと横《よこ》を見《み》ると。

絢斗《あやと》がベッドに頭《あたま》を預《あず》けて、丸椅子《まるいす》に座《すわ》ったまま眠《ねむ》っていた。

「絢斗《あやと》、くん」

絢斗《あやと》は熟睡《じゅくすい》しているようで、身動《みうご》きひとつしない。

状況《じょうきょう》はわからないけれど、絢斗《あやと》が柚月《ゆずき》に付《つ》き添《そ》ってくれていたのだろう。

試合《しあい》は、どうなったのか。自分《じぶん》のせいで負《ま》けてしまったんじゃないか。

そう思《おも》いながらも、この状況《じょうきょう》できることはなかった。

(中学《ちゅうがく》の保健室《ほけんしつ》……初《はじ》めて、来《き》た)

中学《ちゅうがく》に入《はい》ってから、保健室《ほけんしつ》には一度《いちど》も来《き》たことがなかった。

まだ球技大会《きゅうぎたいかい》は続《つづ》いているようで、グラウンドや体育館《たいいくかん》から、生徒《せいと》たちの声《こえ》が聞《き》こえる。

（……なんか、ヤダな）

窓《まど》から見《み》える青空《あおぞら》。

生徒《せいと》たちの声《こえ》。

しずかな部屋《へや》。


――いやな記憶《きおく》が、呼《よ》び起《お》こされる感覚《かんかく》。


柚月《ゆずき》は、もぞもぞと身体《からだ》を起《お》こす。

記憶《きおく》を振《ふ》り払《はら》うため、大《おお》きく深呼吸《しんこきゅう》をした。

「わぁっ！」

「わっ、びっくりした」

すると、横《よこ》で寝息《ねいき》をたてていた絢斗《あやと》が、がばっと顔《かお》を上《あ》げた。

柚月《ゆずき》も思《おも》わず、声《こえ》を漏《も》らす。

「ゆ、夢見《ゆめみ》てた……って柚月《ゆずき》、大丈夫《だいじょうぶ》か!?」

寝起《ねお》きとは思《おも》えない絢斗《あやと》のいきおいに、柚月《ゆずき》は思《おも》わず笑《わら》ってしまった。

「うん、大丈夫《だいじょうぶ》。私《わたし》、どうなったの？」

「顔《かお》にボールが当《あ》たって、そのまま倒《たお》れて。俺《おれ》がお姫様《ひめさま》だっこで保健室《ほけんしつ》まで……」

「え、ほんとに？」

柚月《ゆずき》が聞《き》き返《かえ》すと、絢斗《あやと》は肩《かた》をすくめて笑《わら》う。

「……だったらよかったんだけど、体育《たいいく》の先生《せんせい》がここまで運《はこ》んでくれた。俺《おれ》は付《つ》き添《そ》ってただけ」

「あはは！　でも、ありがとう」

「ううん。結局《けっきょく》サボって寝《ね》てただけだもん」

絢斗《あやと》らしい言《い》い回《まわ》しに、柚月《ゆずき》は思《おも》わず笑《え》みをこぼす。

「保健《ほけん》の先生《せんせい》呼《よ》んでこようか？　体育館《たいいくかん》にいるから、なにかあれば呼《よ》んでって言《い》われてるんだ」

「大丈夫《だいじょうぶ》、寝《ね》たらすっきりした。……試合《しあい》、負《ま》けちゃった？」

「顔面《がんめん》セーフだけど柚月《ゆずき》が試合続行《しあいぞっこう》できないから、代《か》わりに黄瀬《きせ》が復活《ふっかつ》して、黄瀬《きせ》が最後《さいご》の一人《ひとり》に当《あ》てて勝《か》ったたって」

自分《じぶん》のせいで負《ま》けはしなかったとわかり、柚月《ゆずき》はほっとする。

「すごい。ひまりにお礼言《れいい》わなきゃ」

「柚月《ゆずき》の粘《ねば》り勝《が》ちだよ」

「そうかな」

柚月《ゆずき》が答《こた》えると、絢斗《あやと》はふっとだまる。

そして、丸椅子《まるいす》に座《すわ》ったまま、身《み》を乗《の》りだした。

「……なんか、あった？」

「え？　ううん、なにもないよ」

「だってなんか、泣《な》きそうな顔《かお》してる」

さっきまでのいやな記憶《きおく》の感覚《かんかく》は、取《と》り払《はら》ったつもりだった。

けれど絢斗《あやと》は、柚月《ゆずき》のわずかな変化《へんか》を感《かん》じとっていた。

絢斗《あやと》に心配《しんぱい》をかけたくないし、かまってちゃんみたいな態度《たいど》はとりたくなかった。

だけど、うそをつくのも、いやで。

「……保健室《ほけんしつ》ってね、あんまり好《す》きじゃなくて」

「え、なんで？」

深刻《しんこく》にならないよう、柚月《ゆずき》はできるかぎり、言葉《ことば》を選《えら》ぶ。

「私《わたし》ね、四年生《よねんせい》のとき……いじめられてて、別室登校《べっしつとうこう》してたの」

ここにいると、そのときの感覚《かんかく》を、思《おも》い出《だ》す。

自分《じぶん》だけ、学校《がっこう》から切《き》り離《はな》されたような感覚《かんかく》を。

「一年《いちねん》くらい、だけどね。学校《がっこう》には行《い》ってたけど、教室《きょうしつ》には入《はい》りづらくて……」

家族《かぞく》に心配《しんぱい》をかけたくなくて、学校《がっこう》にはなんとか通《かよ》っていた。

そんな柚月《ゆずき》に別室登校《べっしつとうこう》を勧《すす》めてくれたのは、真帆《まほ》だった。

「全然《ぜんぜん》……知《し》らなかった……」

絢斗《あやと》は、言《い》うべき言葉《ことば》を失《うしな》っていた。

柚月《ゆずき》はごまかすように、笑《わら》う。

「あ、でもね。モデルの仕事始《しごとはじ》めてからは少《すこ》しずつ自信《じしん》がついて……真帆《まほ》もいてくれたから、五年生《ごねんせい》からはまた教室《きょうしつ》に行《い》けるようになったんだよ」

絢斗《あやと》が転校《てんこう》してきたのは、五年生《ごねんせい》の途中《とちゅう》から。その頃《ころ》には柚月《ゆずき》は、他《ほか》の子《こ》と同《おな》じように教室《きょうしつ》で授業《じゅぎょう》を受《う》けることができていた。

すると、なぜか絢斗《あやと》が泣《な》きそうな顔《かお》をしていた。

「ど、どうしたの？」

「……だって、柚月《ゆずき》が……そんな、苦《くる》しんでたのに俺《おれ》、知《し》らなくて……」

柚月《ゆずき》を想《おも》って、絢斗《あやと》は眉《まゆ》を下《さ》げ、視線《しせん》を落《お》とした。

柚月《ゆずき》は、ベッドに置《お》かれた絢斗《あやと》の手《て》を、そっと握《にぎ》る。

「昔《むかし》のことだから。今《いま》は、真帆《まほ》のおかげで……それに、絢斗《あやと》くんもいてくれるから、学校楽《がっこうたの》しいよ」

「俺《おれ》なんか、なんもできてねぇだろ」

「ううん」

柚月《ゆずき》は、しっかりと首《くび》を横《よこ》に振《ふ》る。

「成長《せいちょう》しなきゃって焦《あせ》るばっかりで、私《わたし》、なにをするのもこわかったの」

モデルとしても、役者《やくしゃ》としても、不安《ふあん》と恐怖《きょうふ》にのまれていた柚月《ゆずき》。

臆病《おくびょう》な自分《じぶん》はいやなのに、どうすれば変《か》われるのかわからなくて。

「でも、絢斗《あやと》くんがいたから、勇気《ゆうき》を出《だ》せた。絢斗《あやと》くんがそばにいてくれるから、前《まえ》に進《すす》めるんだよ」

共演者《きょうえんしゃ》が絢斗《あやと》じゃなかったら、踏《ふ》み出《だ》せなかった。自信《じしん》が持《も》てなくて、下《した》を向《む》いてばかりいたかもしれない。

そして柚月《ゆずき》は、できるかぎりの笑顔《えがお》を、絢斗《あやと》に向《む》ける。

「それに、絢斗《あやと》くんがいっぱい褒《ほ》めてくれるから、そのたびに私《わたし》は強《つよ》くたくましくなってるよ！」

柚月《ゆずき》が言《い》うと、絢斗《あやと》はますます眉《まゆ》を下《さ》げ、くちびるをぎゅっと結《むす》んだ。

「そんなん言《い》われたら俺《おれ》、泣《な》いちゃう……」

「ふふ、なんで絢斗《あやと》くんが泣《な》くの」

「柚月《ゆずき》の役《やく》に立《た》ってて、よかった……」

絢斗《あやと》はふたたび、ベッドに突《つ》っ伏《ぶ》した。

絢斗《あやと》の表情《ひょうじょう》はわからないけれど、絢斗《あやと》の耳《みみ》は赤《あか》くなっていて。

なんだか愛《いと》おしくなって、柚月《ゆずき》は絢斗《あやと》の頭《あたま》をなでた。

「絢斗《あやと》くん、ほんとにありがとね。絢斗《あやと》くんに出会《であ》えて……よかった」

柚月《ゆずき》が言《い》うと、絢斗《あやと》は突《つ》っ伏《ぶ》したまま、こくこくと二回《にかい》うなずいた。

それからすこしして、絢斗《あやと》がふたたび顔《かお》を上《あ》げた。ちょっぴり恥《は》ずかしそうにしながらも、いつもの表情《ひょうじょう》に戻《もど》っていた。

「昨日《きのう》って、CM《シーエム》撮影《さつえい》？」

「うん。午後《ごご》ずっと走《はし》ってて……」

「CM《シーエム》の監督《かんとく》、二ノ坂《にのさか》さんだったっけ？　あの人《ひと》、いい映像《えいぞう》撮《と》るけどスパルタだよな」

絢斗《あやと》も同《おな》じ監督《かんとく》のもとで、ミュージックビデオの撮影《さつえい》をしたことがあるらしい。

柚月《ゆずき》に同情《どうじょう》の目《め》を向《む》けつつも、ゆるりと笑《わら》って言《い》う。

「でも、あの監督《かんとく》が撮《と》った柚月《ゆずき》を見《み》るのは楽《たの》しみだ」

「えへへ。楽《たの》しみにしてて」

絢斗《あやと》の言葉《ことば》は、いつも柚月《ゆずき》に元気《げんき》をくれる。

それに絢斗《あやと》に対《たい》しては、素《す》の自分《じぶん》を見《み》せられる。

こんなにも一緒《いっしょ》にいて心地《ここち》がいい男子《だんし》は、柚月《ゆずき》にとって初《はじ》めてだった。

「そろそろ決勝戦《けっしょうせん》も終《お》わるかなー。先生呼《せんせいよ》んでくるよ」

そう言《い》いながら、絢斗《あやと》が立《た》ち上《あ》がる。

その瞬間《しゅんかん》、柚月《ゆずき》は無意識《むいしき》に、絢斗《あやと》の服《ふく》のすそをつかんでいた。

「えっ」

「あ……」

おどろいた様子《ようす》で振《ふ》り返《かえ》る、絢斗《あやと》。

柚月《ゆずき》も、自分自身《じぶんじしん》の思《おも》いがけない行動《こうどう》におどろいて、口《くち》ごもってしまう。

「どした?」

「あ……の、……」

首《くび》をかしげて、絢斗《あやと》はやさしく笑《わら》う。その笑顔《えがお》に、柚月《ゆずき》の心臓《しんぞう》がきゅんと跳《は》ねた。

「もう……すこし……、話《はな》したい、なって……」

素直《すなお》にこぼれおちた言葉《ことば》に、柚月自身《ゆずきじしん》がいちばんおどろいていた。

絢斗《あやと》は頭《あたま》をかきながら、「そういうのずるいな」と笑《わら》った。そして肩《かた》をすくめて、柚月《ゆずき》の頭《あたま》をそっとなでる。

「もうちょっと、ここにいるよ」

絢斗《あやと》の声《こえ》が、なぜかいつもよりも甘《あま》ったるく聞《き》こえた。

なんだか、胸《むね》が痛《いた》い。痛《いた》いけど、でも、しあわせで。

泣《な》いてしまいそうだけど、この時間《じかん》がずっとずっと続《つづ》いてほしい。

複雑《ふくざつ》であべこべな自分《じぶん》の気持《きも》ちにふたをして、柚月《ゆずき》はしずかに、「うれしい」と答《こた》えた。

ドッジボールの準決勝《じゅんけっしょう》と決勝《けっしょう》には、補欠《ほけつ》だった真帆《まほ》が試合《しあい》に加《くわ》わった。

球技大会《きゅうぎたいかい》は結局《けっきょく》、女子《じょし》のドッジボールだけ優勝《ゆうしょう》を勝《か》ち取《と》った。

結果的《けっかてき》に柚月《ゆずき》が初戦《しょせん》の勝《か》ちをもぎ取《と》ったことになって、柚月《ゆずき》が教室《きょうしつ》に戻《もど》ると、クラスメイトから拍手喝采《はくしゅかっさい》で迎《むか》え入《い》れられた。

◆◆◆

六月《ろくがつ》、初旬《しょじゅん》。

ようやくドラマの撮影《さつえい》が、すべて終《お》わった。今日《きょう》は、出演者《しゅつえんしゃ》とスタッフでドラマの打《う》ち上《あ》げ。

中学生編《ちゅうがくせいへん》のキャストはひと足早《あしはや》くクランクアップしていたので、共演者《きょうえんしゃ》ともひさびさの再会《さいかい》となる。

「すごい！　ビルの屋上《おくじょう》で、グランピングができるんですね」

「外《そと》ロケ中《ちゅう》、みんなバーベキューしたいって言《い》ってたから、それっぽいところ借《か》りたんだ」

制作《せいさく》スタッフがセレクトしたお店《みせ》は、都内《となない》のビルの屋上《おくじょう》にあるグランピング施設《しせつ》。大型《おおがた》のテントが張《は》られていて、外《そと》ではバーベキューができるようにセッティングされている。人数《にんずう》が多《おお》いので、今日《きょう》は施設全体《しせつぜんたい》を貸《か》し切《き》っていた。

「柚月《ゆずき》ちゃん、絢斗《あやと》くん、お肉焼《にくや》けたよ～」

「ありがとうございます！」

「わーい、肉《にく》、肉《にく》！」

制作《せいさく》スタッフが、焼《や》いた肉《にく》を二人《ふたり》のお皿《さら》にのせてくれる。今日《きょう》は、天音《あまね》は別《べつ》の仕事《しごと》で同席《どうせき》なし。絢斗《あやと》も、マネージャーは来《こ》ず一人《ひとり》で参加《さんか》していた。

大人《おとな》たちは、お酒《さけ》を飲《の》みながら盛《も》り上《あ》がっていた。柚月《ゆずき》と絢斗《あやと》は隙間《すきま》をぬって、ひたすら肉《にく》や野菜《やさい》を食《た》べ進《すす》める。

「私《わたし》、バーベキューって初《はじ》めて」

「マジ？　ってまぁ、ずっと都内《とない》だとあんまやる機会《きかい》ないよな」

「天音《あまね》さんたち、インドア派《は》だしね」

話《はな》しながら柚月《ゆずき》は、テーブルに置《お》かれた紙《かみ》コップを手《て》に取《と》る。

「おい、それ」

口《くち》をつけようとすると、絢斗《あやと》がそれを制《せい》するように手《て》を出《だ》した。

柚月《ゆずき》の口元《くちもと》と紙《かみ》コップの間《あいだ》に、絢斗《あやと》の手《て》が滑《すべ》りこむ。

絢斗《あやと》の手《て》の甲《こう》に、柚月《ゆずき》のくちびるが触《ふ》れた。

「……それ、お酒《さけ》」

「えっ……あ、ほんとだ」

柚月《ゆずき》は、大人《おとな》たちが飲《の》んでいたお酒《さけ》の紙《かみ》コップと、自分《じぶん》の紙《かみ》コップをまちがって取《と》ってしまったようだ。

「口《くち》……当《あ》たっちゃったね。ごめん」

「ん」

ふいうちで当《あ》たった柚月《ゆずき》のくちびるの感触《かんしょく》。絢斗《あやと》はドキドキしながらも、平静《へいせい》をよそおった。

「みんなお酒《さけ》入《はい》ると、いつもの十倍《じゅうばい》は元気《げんき》になるな」

「ほんと、お酒《さけ》飲《の》めるようになったら、さらに楽《たの》しいんだろうね」

早々《そうそう》に食《た》べ飽《あ》きた二人《ふたり》は、酔《よ》っ払《ぱら》った大人《おとな》たちを見《み》ながら、アウトドアチェアに並《なら》んで座《すわ》った。

「絢斗《あやと》くん今日《きょう》、眼鏡《めがね》なんだ？」

「朝《あさ》、目痛《めいた》くてコンタクトできなくて」

「え、大丈夫《だいじょうぶ》？」

「だいじょぶ、だいじょぶ」

現場《げんば》でも学校《がっこう》でも絢斗《あやと》はコンタクトレンズをつけていたので、眼鏡姿《めがねすがた》を見《み》るのは初《はじ》めてだった。

見慣《みな》れない姿《すがた》の絢斗《あやと》の笑顔《えがお》に、柚月《ゆずき》はなんだか緊張《きんちょう》してしまう。

「絢斗《あやと》くんは……午前《ごぜん》も仕事《しごと》だったの？」

「『Novice《ノーヴィス》』の配信用《はいしんよう》の動画撮《どうがと》ってた。新曲《しんきょく》のPV《ピーブイ》ができたから」

『Novice《ノーヴィス》』は、絢斗《あやと》が所属《しょぞく》するグループの名前《なまえ》。

「PV《ピーブイ》、見《み》る？」

「え、見《み》たい！」

絢斗《あやと》が動画《どうが》サイトで新曲《しんきょく》のPV《ピーブイ》を再生《さいせい》し、柚月《ゆずき》に見《み》せる。

明《あか》るいサウンドに、ポップな衣装《いしょう》とダンス。

十一人《じゅういちにん》いるメンバーの中《なか》で、絢斗《あやと》は最年少《さいねんしょう》。だけど、それを感《かん》じさせない堂々《どうどう》としたパフォーマンスを見《み》せていた。

「すごい。ちゃんとPV《ピーブイ》見《み》るのって、初《はじ》めてかも」

「あんまり地上波《ちじょうは》じゃ流《なが》れないもんな」

『Novice《ノーヴィス》』の映像《えいぞう》を見《み》てみたいという気持《きも》ちはあったけれど、SNS《エスエヌエス》もネットも苦手《にがて》な柚月《ゆずき》は検索《けんさく》してまで見《み》ることはなかった。

PV《ピーブイ》の再生《さいせい》が終《お》わると、関連動画《かんれんどうが》がいくつか上《あ》がってくる。

「これ、なに？」

柚月《ゆずき》が指《さ》したのは『Novice《ノーヴィス》』のライブ映像《えいぞう》で、タイトルには『絢斗《あやと》カメラ』と書《か》かれてあった。

「えーと、ライブ映像《えいぞう》で、俺《おれ》を抜《ぬ》いた映像《えいぞう》だけをつなげた映像《えいぞう》……？」

「そんなのあるの？　見《み》てみたい」

「いいけど……はずかしいから家《いえ》で見《み》てよ」

「え～、絢斗《あやと》くんはいつも私《わたし》の前《まえ》で『LiCoCo《リココ》』読《よ》んでるじゃん」

「それもそうか……」

絢斗《あやと》は渋々《しぶしぶ》といった様子《ようす》で再生《さいせい》し、スマホを柚月《ゆずき》に渡《わた》した。

真剣《しんけん》に画面《がめん》を見《み》つめる柚月《ゆずき》を、絢斗《あやと》は気《き》まずい思《おも》いでだまって見《み》ていた。

約四分《やくよんふん》の映像《えいぞう》を、柚月《ゆずき》はほとんどまばたきもせず、見入《みい》っていた。

「……どうすか」

スマホを膝《ひざ》の上《うえ》に置《お》き、柚月《ゆずき》は両手《りょうて》で顔《かお》を隠《かく》した。

そして、顔《かお》を真《ま》っ赤《か》にしながら。

「か……………カッコ、いい…………」

と、小《ちい》さくつぶやいた。

思《おも》いがけない柚月《ゆずき》の反応《はんのう》に、絢斗《あやと》はおどろく。

「これ、ほんとに、絢斗《あやと》くん……？」

「そうだよ。なんだと思《おも》ってんの」

ステージの上《うえ》の絢斗《あやと》は、柚月《ゆずき》の想像《そうぞう》の何千倍《なんぜんばい》もキラキラと輝《かがや》いていた。

マイクを握《にぎ》る細《ほそ》い指《ゆび》、ひたいに浮《う》かぶ汗《あせ》、向《む》けられる笑顔《えがお》。

歌声《うたごえ》も、ダンスも。ぜんぶ、柚月《ゆずき》の知《し》らない絢斗《あやと》だった。

「びっくりした……ライブだと絢斗《あやと》くん、こんな感《かん》じなんだ……」

話《はな》しながら、柚月《ゆずき》は戸惑《とまど》っていた。

胸《むね》がぎゅっとわしづかみにされるような、ふしぎな気分《きぶん》。

普段《ふだん》の絢斗《あやと》だって、じゅうぶん魅力的《みりょくてき》だ。

カッコ良《よ》くて優《やさ》しくて、みんなを引《ひ》っ張《ぱ》って笑顔《えがお》にする、そんな男《おとこ》の子《こ》。

だけど柚月《ゆずき》が知《し》っているのは、同級生《どうきゅうせい》としての絢斗《あやと》と、俳優《はいゆう》としての絢斗《あやと》だけ。

歌手《かしゅ》としてステージでパフォーマンスを行《おこな》う絢斗《あやと》は、まったく別人《べつじん》だった。

(私《わたし》、こんなにキラキラした素敵《すてき》な人《ひと》と、キスしたんだ……)

あまりにも現実的《げんじつてき》じゃなくて、だけどこれは、現実《げんじつ》で。

同時《どうじ》に、不安《ふあん》にもなる。

ステージでたくさんのファンを魅了《みりょう》する絢斗《あやと》が、自分《じぶん》のことを好《す》きかもしれないだなんて。それこそ、非現実的《ひげんじつてき》だ。

(『振《ふ》り向《む》かせたい』とは言《い》われたけど、『好《す》き』って言《い》われたわけじゃないし、返事《へんじ》も聞《き》かれてないし……)

そう考《かんが》えるとなんだかもやもやして、胸《むね》がちくちくと痛《いた》む。

「柚月《ゆずき》？　どした、むずかしい顔《かお》して」

「あ……いや、すごいね。キラキラしてて、ほんとに……アイドルって感《かん》じだった」

「厳密《げんみつ》には、アイドルじゃないんだけどな。歌《うた》って踊《おど》れる俳優集団《はいゆうしゅうだん》、みたいな。ま、見《み》る側《がわ》からすればアイドルみたいなもんなんだろうな」

絢斗《あやと》は照《て》れくささを隠《かく》しながら、言《い》う。

「柚月《ゆずき》にちゃんと褒《ほ》められたの、初《はじ》めてかも」

「えっ、そうだっけ」

絢斗《あやと》に言《い》われて、柚月《ゆずき》はふと考《かんが》えた。

たしかに、絢斗《あやと》のことは人《ひと》としても俳優《はいゆう》としても尊敬《そんけい》しているのに、その気持《きも》ちを伝《つた》えたことは一度《いちど》もなかった。

「私《わたし》、褒《ほ》めてもらうだけ褒《ほ》めてもらってなにも返《かえ》してなかったんだ……」

「俺《おれ》って褒《ほ》めるとこないんだなーと思《おも》ってた」

「そ、そんなことない！」

「ふふっ、冗談《じょうだん》だよ」

自分《じぶん》ばかり褒《ほ》めてもらって、絢斗《あやと》に悪《わる》いことをしてしまった。

反省《はんせい》する様子《ようす》の柚月《ゆずき》を見《み》て、絢斗《あやと》は笑《わら》う。

「じゃあ、ためしに褒《ほ》めてみてよ」

絢斗《あやと》に言《い》われ、柚月《ゆずき》は姿勢《しせい》を正《ただ》して座《すわ》り直《なお》した。

「えっ……と……カッコイイ」

「それから？」

「演技《えんぎ》が上手《じょうず》で……運動神経《うんどうしんけい》よくって……」

「うんうん」

「歌《うた》も、ダンスもうまい」

「で？　で？」

柚月《ゆずき》は、指折《ゆびお》りしながら思《おも》いつくかぎりを並《なら》べていく。

「優《やさ》しくて……一緒《いっしょ》にいると、たのしい」

そして柚月《ゆずき》も気《き》づかないうちに、『絢斗《あやと》を褒《ほ》める』から『絢斗《あやと》の好《す》きなところを言《い》う』に変《か》わっていった。

「そばにいるとほっとして、安心《あんしん》する。それに……ドキドキも、する」

聞《き》きながら絢斗《あやと》は、だんだんむずがゆくなってきた。

「……柚月《ゆずき》、もう、いい」

「え？」

「それってもう、俺《おれ》のこと……」

『完全《かんぜん》に好《す》きなやつじゃん』と言《い》いたくなるのをのみこんで、今度《こんど》は絢斗《あやと》が真《ま》っ赤《か》な顔《かお》を両手《りょうて》で隠《かく》した。

「それにしても今日《きょう》は暑《あつ》いなー！」

「え、うん。暑《あつ》いね」

絢斗《あやと》は結局《けっきょく》恥《は》ずかしさに耐《た》えられなくなり、話《はなし》をすり替《か》えた。


バーベキューが終《お》わり、打《う》ち上《あ》げの一次会《いちじかい》はお開《ひら》きとなった。

二次会《にじかい》に行《い》かない参加者《さんかしゃ》は、スタッフが手配《てはい》した車《くるま》で最寄《もよ》り駅《えき》まで送《おく》ってもらうことになっている。

「みんな降《お》りてこないなー。見《み》てくるから二人《ふたり》、先《さき》に車乗《くるまの》ってて」

「はい」

同《おな》じ車《くるま》に乗《の》る予定《よてい》の参加者《さんかしゃ》が出《で》てこないので、スタッフが呼《よ》びに行《い》った。そのあいだ、柚月《ゆずき》と絢斗《あやと》は車《くるま》に乗《の》って待《ま》つことにした。

「どうぞー」

「ありがと」

絢斗《あやと》が後部座席《こうぶざせき》のドアを開《あ》けてくれて、柚月《ゆずき》が先《さき》に乗《の》りこむ。

八人乗《はちにんの》りのワゴン車《しゃ》にはエンジンがかかり、窓《まど》がほんのすこしだけ開《あ》いていた。

「あちーな。エアコンかけとくか……」

絢斗《あやと》がそう、言《い》いかけたとき。ブゥン、と羽《はね》を鳴《な》らして、ハチのような大《おお》きな虫《むし》が窓《まど》から入《はい》りこんできた。

「きゃあ！」

「うお、でか！」

いきおいよく飛《と》びこんできた虫《むし》は、車内《しゃない》をすばやく飛《と》び回《まわ》って、柚月《ゆずき》のほうに近《ちか》づいてくる。絢斗《あやと》は思《おも》わず、かばうように柚月《ゆずき》を抱《だ》きよせた。

「頭下《あたまさ》げて」

「う、うん」

何度《なんど》もキスを重《かさ》ねた二人《ふたり》だけれど、こんなふうに身体《からだ》を密着《みっちゃく》させることはなかった。

戸惑《とまど》いながらも、柚月《ゆずき》はおとなしく絢斗《あやと》のうでの中《なか》におさまっていた。

絢斗《あやと》はそのまま身《み》を乗《の》りだすと、柚月《ゆずき》が座《すわ》っているほうの窓《まど》を開《あ》けた。虫《むし》は誘《さそ》われるように、窓《まど》の外《そと》へと飛《と》んでいった。

「出《で》ていったよ。大丈夫《だいじょうぶ》？」

「うん、ありが……」

答《こた》えながら、柚月《ゆずき》が顔《かお》を上《あ》げると。心配《しんぱい》そうに柚月《ゆずき》の顔《かお》をのぞきこむ絢斗《あやと》の顔《かお》が、すぐ目《め》の前《まえ》にあった。

「っ……」

至近距離《しきんきょり》で目《め》が合《あ》って、柚月《ゆずき》はそのまま、固《かた》まってしまった。

眼鏡《めがね》の奥《おく》の、絢斗《あやと》の瞳《ひとみ》がキレイで、柚月《ゆずき》は目《め》が離《はな》せなくなる。

視線《しせん》をうばわれたのは、絢斗《あやと》も同《おな》じで。見《み》つめられるのが恥《は》ずかしくて、すこし目《め》を伏《ふ》せながらも、もう一度《いちど》柚月《ゆずき》と目《め》を合《あ》わせた。

どちらからともなく、距離《きょり》が、近《ちか》づく。

理性《りせい》も、冷静《れいせい》さもあったはずなのに、二人《ふたり》ともそれをわざと無視《むし》した。二人《ふたり》のあいだにある感情《かんじょう》は、たったひとつ、おなじもの。

ゆっくり、ゆっくりと距離《きょり》を近《ちか》づけて、あとすこしで触《ふ》れ合《あ》うほどに近《ちか》づいた、そ

のとき。

こつん。

……と、柚月《ゆずき》の鼻先《はなさき》に、硬《かた》いものが触《ふ》れた。絢斗《あやと》の、眼鏡《めがね》だった。

そして絢斗《あやと》はようやく、冷静《れいせい》さを取《と》り戻《もど》した。

「っ……、ごめん」

「う、あ……ううん」

二人《ふたり》が、なにをしようとしていたのか。

お互《たが》いそれをわかってはいたけれど、いいわけも、ごまかしの言葉《ことば》も見《み》つからなかった。

気《き》まずい空気《くうき》がただよいかけたとき、スタッフや出演者《しゅつえんしゃ》がビルから出《で》てきて、車《くるま》に乗《の》りこんできた。

(眼鏡《めがね》がなかったら、し……しちゃってたかな)

柚月《ゆずき》は、落《お》ち着《つ》かない心《こころ》をなんとかおさめようとした。

それでも、さっきの出来事《できごと》が何度《なんど》も何度《なんど》も頭《あたま》の中《なか》をめぐっていて。火照《ほて》った顔《かお》に気《き》づかれないよう、柚月《ゆずき》はひたすら下《した》を向《む》いていた。

## 06 きみに触《ふ》れたいと思《おも》うのは

六月中旬《ろくがつちゅうじゅん》。柚月《ゆずき》と絢斗《あやと》は、それぞれ舞台《ぶたい》の稽古《けいこ》が本格化《ほんかくか》していた。

「あれ？　柚月《ゆずき》」

「あっ……絢斗《あやと》、くん」

放課後《ほうかご》、学校《がっこう》の最寄《もよ》りのバス停《てい》で、絢斗《あやと》に会《あ》った。

「今日《きょう》はバスで移動《いどう》？」

「う、うん。今日《きょう》は『LiCoCo《リココ》』の撮影《さつえい》なの」

今日《きょう》は『LiCoCo《リココ》』の撮影《さつえい》で、天音《あまね》とは現地《げんち》で集合《しゅうごう》することになっている。

「そっか。俺《おれ》はツアーのリハーサル」

「忙《いそが》しそう、だね」

絢斗《あやと》と話《はな》すのは、あの打《う》ち上《あ》げの日《ひ》以来《いらい》だった。

なんだか緊張《きんちょう》してしまって、うまく目《め》を合《あ》わせられない。

「柚月《ゆずき》、なんか元気《げんき》ない？」

「そ、そんなこと、ない」

「そう？」

なんとかごまかしながら、柚月《ゆずき》は目線《めせん》をそらした。

昼《ひる》すぎから続《つづ》く雨《あめ》のせいか、バスの中《なか》は混《こ》んでいた。

「大丈夫《だいじょうぶ》？」

「う、うん」

バスの前方《ぜんぽう》に進《すす》むと、柚月《ゆずき》が手《て》すりにつかまれるように、絢斗《あやと》がスペースをあけてくれた。

（……なんか、右半身《みぎはんしん》が、むずがゆい……）

つり革《かわ》を持《も》ち、右《みぎ》どなりに立《た》つ絢斗《あやと》。柚月《ゆずき》は、絢斗《あやと》の身体《からだ》に触《ふ》れないよう、無意識《むいしき》に身体《からだ》を縮《ちぢ》こまらせていた。

触《ふ》れたくない、わけじゃない。

むしろ、絢斗《あやと》に触《ふ》れたいと思《おも》ってしまう自分《じぶん》が、こわい。

（男《おとこ》の子《こ》に触《ふ》れたい、なんて……私《わたし》、おかしいのかな）

あれから、柚月《ゆずき》は——打《う》ち上《あ》げの帰《かえ》りの、車《くるま》の中《なか》での出来事《できごと》を、何度《なんど》も何度《なんど》も思《おも》い出《だ》していた。

あのとき柚月《ゆずき》は無意識《むいしき》に、絢斗《あやと》を受《う》け入《い》れようとしていた。

そんな自分《じぶん》が、恥《は》ずかしくて。だけど、あのときキスしていたらなにか変《か》わってたのかな、とも考《かんが》えてしまって。そんな自分《じぶん》に気《き》づいてまた、恥《は》ずかしくなって。

(私《わたし》は絢斗《あやと》くんと、どうなりたいんだろう)

あの日《ひ》から柚月《ゆずき》は時々《ときどき》、絢斗《あやと》が出《で》ている動画《どうが》を探《さが》して観《み》るようになった。

どうしてそんなことをするのか、自分《じぶん》でもよくわからない。学校《がっこう》に行《い》けば、本物《ほんもの》の絢斗《あやと》に会《あ》えるのに。

ふしぎと、絢斗《あやと》の動画《どうが》を見《み》るだけで元気《げんき》になる。

『Novice《ノーヴィス》』の動画《どうが》を見《み》ても、十一人《じゅういちにん》の中《なか》からつい絢斗《あやと》の姿《すがた》を探《さが》してしまう。

カッコよくて、キラキラしてて。そんな絢斗《あやと》と手《て》をつないだりキスしたことを思《おも》い出《だ》しては、お腹《なか》の奥《おく》のほうが、きゅんと痛《いた》くなる。

(私《わたし》、絢斗《あやと》くんのファンになっちゃったのかな。いわゆる『推《お》し』みたいな……?)

柚月《ゆずき》にとっての絢斗《あやと》は、なんなのか。

推《お》し。憧《あこが》れ。尊敬《そんけい》する存在《そんざい》。頼《たよ》れる人《ひと》。当《あ》てはまる名前《なまえ》を探《さが》してみる、けれど。

「どれもなんか、ちがう……」

思《おも》わず漏《も》れた声《こえ》は、バスのエンジン音《おん》と重《かさ》なった。

柚月《ゆずき》のつぶやきは、となりに立《た》つ絢斗《あやと》にもはっきりは聞《き》こえなかったようで。

「なに？　ごめん、聞《き》こえなかった」

そう言《い》って絢斗《あやと》は、柚月《ゆずき》の口元《くちもと》ちかくに耳《みみ》を寄《よ》せた。

ふいに、近《ちか》づいた距離《きょり》。

肩《かた》が触《ふ》れ合《あ》い、柚月《ゆずき》はおどろいてびくりと身《み》を硬《かた》くする。

「あの、な、なんでもない」

「そお？」

全身《ぜんしん》の熱《ねつ》が、上《あ》がる。空調《くうちょう》の効《き》いたバスの中《なか》なのに、背中《せなか》を汗《あせ》が伝《つた》うのを感《かん》じた。

火照《ほて》った顔《かお》に気《き》づかれないよう、柚月《ゆずき》は顔《かお》をそらした。

「え、え！　泉絢斗《いずみあやと》だ！」

すると、女《おんな》の子《こ》のかん高《だか》い声《こえ》が車内《しゃない》に響《ひび》く。

「えぇ！　わ、ホントだ!!」

「生絢斗《なまあやと》、超《ちょう》イケメン！　握手《あくしゅ》してくださいー！」

絢斗《あやと》に気《き》づいたバスの乗客《じょうきゃく》の女《おんな》の子《こ》たちが、わいわいと騒《さわ》ぎだした。

柚月《ゆずき》は女《おんな》の子《こ》たちに気《き》づかれないよう、そっと反対側《はんたいがわ》に顔《かお》を向《む》ける。

「あ、はーい。こんにちは」

絢斗《あやと》が笑顔《えがお》を向《む》けると、女《おんな》の子《こ》たちが黄色《きいろ》い悲鳴《ひめい》をあげる。

「ごめん、バスの中《なか》だから、声《こえ》のトーンだけ」

絢斗《あやと》がしーっと口元《くちもと》に人差《ひとさ》し指《ゆび》を当《あ》てると、女《おんな》の子《こ》たちはしずかにキャーッ、と声《こえ》をあげた。

「これから仕事《しごと》なの？」

「はい。良《よ》かったら夏《なつ》のツアー、遊《あそ》びに来《き》てください」

「チケットまだ買《か》えるの!?　行《い》きたーい！」

興奮《こうふん》した様子《ようす》の女《おんな》の子《こ》たちに、絢斗《あやと》は愛想《あいそ》よく対応《たいおう》する。

絢斗《あやと》と女《おんな》の子《こ》たちの会話《かいわ》を聞《き》きながら、柚月《ゆずき》は胸《むね》の奥《おく》がモヤモヤするのを感《かん》じた。

(この気持《きも》ちの、名前《なまえ》は……なんだろう)

窓《まど》の外《そと》の流《なが》れる景色《けしき》を見《み》ながら、柚月《ゆずき》は小《ちい》さく息《いき》を吐《は》いた。

◆◆◆

それからまもなくして——平穏《へいおん》な日々《ひび》が、一転《いってん》する。

「泉《いずみ》、ゆず！　ヤバいで、これ」

そう言《い》って、学校《がっこう》の休《やす》み時間《じかん》にスマホの画面《がめん》を見《み》せてきたのは、ナズナ。ナズナが持《も》つスマホの画面《がめん》には、週刊誌《しゅうかんし》のデジタル記事《きじ》が写真《しゃしん》つきで表示《ひょうじ》されていて。

画面《がめん》をのぞきこみ、ひまりが声《こえ》をあげる。

「うわー！　熱愛記事《ねつあいきじ》……じゃねぇか、なんだこれ？　熱愛風記事《ねつあいふうきじ》？」

「せやな……」

『熱愛キス、、を演《えん》じたドラマの打《う》ち上《あ》げ後《ご》、仲睦《なかむつ》まじく車《くるま》に乗《の》りこむ泉絢斗《いずみあやと》と逢坂《おうさか》柚月《ゆずき》』……って、そのまんまじゃね？」

ひまりが読《よ》み上《あ》げた記事《きじ》のタイトルに、柚月《ゆずき》はくらくらとめまいがしそうだった。

先日《せんじつ》の打《う》ち上《あ》げ後《ご》、車《くるま》に乗《の》りこむ柚月《ゆずき》と絢斗《あやと》の姿《すがた》が、写真《しゃしん》におさめられていたのだ。

一緒《いっしょ》にスマホをのぞきこんでいた真帆《まほ》が、首《くび》をかしげる。

「これは熱愛《ねつあい》に……なるの？」

「イヤイヤイヤ、なんないでしょ！　仕事《しごと》の一環《いっかん》じゃん、打《う》ち上《あ》げなんて」

絢斗《あやと》は必死《ひっし》で否定《ひてい》をするけれど、柚月《ゆずき》の頭《あたま》の中《なか》は真《ま》っ白《しろ》だった。


その日《ひ》をさかいに柚月《ゆずき》は、学校《がっこう》や街中《まちなか》で視線《しせん》を感《かん》じることが多《おお》くなった。

記事《きじ》について天音《あまね》とも話《はな》したけれど、捏造《ねつぞう》された内容《ないよう》が書《か》かれているわけではないので、今《いま》のところ対処《たいしょ》の方法《ほうほう》はないとのことだった。

（たしかに、悪口《わるぐち》を書《か》かれてるわけじゃないし、ウソを書《か》かれたわけでもないし……気《き》にしないようにするしか、ないんだろうな）

あの車内《しゃない》でのキス未遂《みすい》以来《いらい》、なんとなく気《き》まずかった絢斗《あやと》との関係《かんけい》。記事《きじ》が出《で》たことでますます、気《き》まずさが増《ま》してしまった。


しかし事態《じたい》は、さらに悪《わる》いほうへと進《すす》んでしまう。

記事《きじ》が出《で》た一週間後《いっしゅうかんご》の朝《あさ》――柚月《ゆずき》と真帆《まほ》が登校《とうこう》していると。

「あんたなんか絢斗《あやと》に似合《にあ》わない！」

声《こえ》と同時《どうじ》に、ビチャアッ！　と、真《ま》っ白《しろ》なしぶきが舞《ま》う。

柚月《ゆずき》は、自転車《じてんしゃ》に乗《の》った女《おんな》の人《ひと》に、とつぜん液体《えきたい》を浴《あ》びせられた。

捨《す》てぜりふと共《とも》に、女《おんな》の人《ひと》はすぐ去《さ》っていった。

「ゆ、ゆず大丈夫《だいじょうぶ》!?」

「…………」

真帆《まほ》はあわてて、声《こえ》をあげる。

突然《とつぜん》のことに、柚月《ゆずき》は固《かた》まっていた。頭《あたま》から牛乳《ぎゅうにゅう》を浴《あ》びせられたと気《き》づくのに、数《すう》秒《びょう》かかってしまった。

「あー……真帆《まほ》、かかんなかった?」

「いやいやいやいや! 私《わたし》は大丈夫《だいじょうぶ》だけど、ゆずが大丈夫《だいじょうぶ》じゃないから……!」

柚月《ゆずき》は、頭《あたま》から制服《せいふく》、バッグまでみごとに牛乳《ぎゅうにゅう》まみれ。あまりのことに柚月《ゆずき》は、かえって冷静《れいせい》になってしまっていた。

登校後《とうこうご》に真帆《まほ》からその話《はなし》を聞《き》いて、絢斗《あやと》は動揺《どうよう》した。

「女子高生《じょしこうせい》かな……制服《せいふく》で、自転車《じてんしゃ》に乗《の》ってた。柚月《ゆずき》から、最近《さいきん》だれかに見《み》られてる気《き》がするとは聞《き》いてたんだけど——たぶん、泉《いずみ》くんのファンなんだろうね」

真帆《まほ》が言《い》うと、絢斗《あやと》はますます肩《かた》を落《お》とした。柚月《ゆずき》はいま、水泳部《すいえいぶ》のシャワー室《しつ》で牛乳《ぎゅうにゅう》を洗《あら》い流《なが》している。

「明日《あした》の朝《あさ》は、俺《おれ》も一緒《いっしょ》に登校《とうこう》する」

人一倍《ひといちばい》、責任《せきにん》を感《かん》じていた絢斗《あやと》は、真帆《まほ》にそう言《い》った……けれど。

「でも、逆効果《ぎゃくこうか》にならん？　むしろ犯人《はんにん》の気持《きも》ち煽《あお》ってしまいそうやん」

「ナズナの言《い》うとーりだな」

ナズナとひまりに言《い》われ、絢斗《あやと》はさらにがっくりと肩《かた》を落《お》とした。

そんな絢斗《あやと》の姿《すがた》にため息《いき》をつきながら、ひまりが言《い》う。

「泉《いずみ》さあ。ゆずがＳＮＳ《エスエヌエス》で叩《たた》かれてんの、知《し》ってんの？」

「………知《し》ってる」

絢斗《あやと》は、うなだれながら答《こた》えた。

週刊誌《しゅうかんし》の記事《きじ》が出《で》てから、柚月《ゆずき》に対《たい》するＳＮＳ《エスエヌエス》での誹謗中傷《ひぼうちゅうしょう》がすこしずつ増《ふ》えていた。

「二人《ふたり》でバス停《てい》におるとこも、だれかに撮《と》られとったな」

「……学校《がっこう》で盗撮《とうさつ》されたっぽいゆずの写真《しゃしん》も、ＳＮＳ《エスエヌエス》に上《あ》がってた」

ナズナと真帆《まほ》の言葉《ことば》に、絢斗《あやと》はさらにうなだれる。

文字《もじ》での書《か》き込《こ》みだけでなく、柚月《ゆずき》のプライベートを盗撮《とうさつ》したような写真《しゃしん》を載《の》せている書《か》き込《こ》みもあった。

「アタシらは触《ふ》れないよーにしてるけど、ぜってーどっかでゆずも気《き》づくだろーし。知《し》ったらゆず、そーとーショック受《う》けるよ」

「……わかってる」

重々《おもおも》しく答《こた》える絢斗《あやと》に、ひまりはもう一度《いちど》ふかく息《いき》を吐《は》いた。

絢斗《あやと》も、このままでいいとは思《おも》っていなかった。

柚月《ゆずき》をこれ以上傷《いじょうきず》付《つ》けることなく、守《まも》る方法《ほうほう》はないかと模索《もさく》していた。


翌日《よくじつ》から柚月《ゆずき》は、登校時間《とうこうじかん》や通学路《つうがくろ》をずらすようになった。

その日《ひ》はなにごともなく登校《とうこう》できたものの、その翌日《よくじつ》にはまた自転車《じてんしゃ》の女《おんな》の人《ひと》から、サイダーのような液体《えきたい》をかけられた。

さらに翌日《よくじつ》には、カバンをひったくられそうになった。あとをつけられているのか、登校時間《とうこうじかん》や通学《つうがく》ルートを変《か》えても、襲撃《しゅうげき》にあってしまう。

「家《ウチ》の人《ひと》に言《い》ったほうがええんちゃう？　保護者兼事務所《ほごしゃけんじむしょ》の社長《しゃちょう》やろ？」

「うーん……そう、だよね」

ナズナを含《ふく》め、みんなが柚月《ゆずき》を心配《しんぱい》していた。

天音《あまね》に迷惑《めいわく》をかけたくはなかったけれど、だまっているわけにはいかなくなってきた。

放課後《ほうかご》の舞台稽古《ぶたいげいこ》を終《お》えて、帰宅《きたく》すると。

「おかえり、ゆずー」

「蓮《れん》くん。珍《めずら》しいね、平日《へいじつ》なのに」

リビングで柚月《ゆずき》を出迎《でむか》えたのは、蓮《れん》だった。

「アパートが水漏《みずも》れして、工事《こうじ》してんの。二週間《にしゅうかん》住《す》めないから、こっちから学校通《がっこうかよ》う」

「えー！　大変《たいへん》だったね」

「それはゆずのほうだろ」

蓮《れん》はため息《いき》まじりに言《い》いながら、柚月《ゆずき》の頭《あたま》にぽんと手《て》をのせる。

「あんだけ気《き》をつけろっつったのに。だいじょーぶなの？　嫌《いや》がらせとかされてない？」

「あー……」

「……やっぱりな」

気《き》まずい表情《ひょうじょう》を浮《う》かべる柚月《ゆずき》に、蓮《れん》はもう一度《いちど》深《ふか》いため息《いき》をついた。

そのときちょうど、買《か》い物《もの》に出《で》ていた天音《あまね》が帰《かえ》ってきた。

「ただいまー」

「母《かあ》ちゃん、やっぱりゆず、嫌《いや》がらせされてるってよ」

「えー！　もう、やっぱり！」

天音《あまね》は大《おお》きな声《こえ》をあげると、買《か》い物《もの》の荷物《にもつ》をどさっとキッチンの床《ゆか》に置《お》く。

「いっつも聞《き》いてもごまかすんだもの！　今日《きょう》はちゃんと話《はな》して！」

「う、うん」

柚月《ゆずき》は、登校中《とうこうちゅう》に受《う》けた被害《ひがい》について、はじめて天音《あまね》に話《はな》した。

絢斗《あやと》のファンかもしれない、とは言《い》わなかったけれど、二人《ふたり》ともなんとなく察《さっ》しているようだった。

するとと天音《あまね》はだまりこみ、大《おお》きくひとつ、息《いき》を吐《は》く。

「……ゆず。お願《ねが》いだから、そういうことはすぐに私《わたし》に言《い》って。私《わたし》はあなたの、保護《ほご》者《しゃ》なんだから」

「……ごめん、なさい」

天音《あまね》は柚月《ゆずき》の、本当《ほんとう》の親《おや》ではない。だけど長年《ながねん》、親代《おやが》わりとして、保護者《ほごしゃ》として柚月《ゆずき》を育《そだ》ててくれた。

感謝《かんしゃ》しているからこそ、つい、心配《しんぱい》をかけたくないと思《おも》ってしまったのだ。

「あなたの身《み》になにかあったら、私《わたし》は一生後悔《いっしょうこうかい》するわ。どんなことでも、ちゃんと話《はな》して。ね？」

「うん……天音《あまね》さん、ありがとう」

柚月《ゆずき》がうなずくと、天音《あまね》はそっと柚月《ゆずき》の頭《あたま》をなでた。

そして天音《あまね》は言葉《ことば》を選《えら》びながら、話《はな》し始《はじ》める。

「あのね。週刊誌《しゅうかんし》の記事《きじ》が出《で》てから……ネット上《じょう》でも、ゆずについての書《か》き込《こ》みが増《ふ》えてるの。良《い》いことも、悪《わる》いことも……勝手《かって》に撮《と》られたかもしれない、写真《しゃしん》が上《あ》がっていたり」

なんとなく、予感《よかん》はしていた。あんな週刊誌《しゅうかんし》の記事《きじ》が出《で》てしまったのだから、しかたないとも思《おも》えた。

柚月《ゆずき》はうつむき、「そっか」とだけ、答《こた》える。

「そっちは私《わたし》のほうで対処《たいしょ》するとして……さっき泉絢斗《いずみあやと》くんの所属事務所《しょぞくじむしょ》も、コメントを発表《はっぴょう》したの。柚月《ゆずき》への誹謗中傷《ひぼうちゅうしょう》がこれ以上《いじょう》ひどくならないための措置《そち》として、ね」

天音《あまね》は、一枚《いちまい》の紙《かみ》を柚月《ゆずき》に手渡《てわた》した。事務所《じむしょ》の発表《はっぴょう》コメントを印刷《いんさつ》したものだった。

コメントには、『逢坂柚月《おうさかゆずき》さんは、共演者《きょうえんしゃ》であり、同級生《どうきゅうせい》の一人《ひとり》として仲良《なかよ》くさせて頂《いただ》いております』と書《か》かれてあった。

(熱愛報道《ねつあいほうどう》とかで、よく見《み》るやつだ……こんなの出《だ》さなきゃいけないほど、叩《たた》かれてるんだ)

コメントが公表《こうひょう》されれば、すこしずつ誹謗中傷《ひぼうちゅうしょう》はおさまるだろう。

でもなぜか、こころがつきんと痛《いた》んだ。

うすく、見《み》えない壁《かべ》が、一枚張《いちまいは》られてしまったみたいな。そんな、感覚《かんかく》。

「だけどまさか、直接被害《ちょくせつひがい》にあってたなんて……明日《あした》から私《わたし》とトモロウで送迎《そうげい》するわ」

「で、でも、二人《ふたり》とも忙《いそが》しいのに……」

「じゃあ、朝《あさ》は俺《おれ》が連《つ》れてくよ」

天音《あまね》の代《か》わりに答《こた》えたのは、蓮《れん》。

「大学《だいがく》行《い》くついでに送《おく》るよ。帰《かえ》りも時間《じかん》あうときは、迎《むか》えに行《い》く」

蓮《れん》が言《い》うと、天音《あまね》もうなずきながら答《こた》える。

「それがいいかもしれないわね。とにかくゆずの身《み》の安全《あんぜん》を最優先《さいゆうせん》に考《かんが》えましょ」

「……ほんとにありがとう、二人《ふたり》とも」

柚月《ゆずき》は、無性《むしょう》に情《なさ》けない気持《きも》ちになって、眉《まゆ》を下《さ》げた。

◆◆◆

翌朝《よくあさ》。柚月《ゆずき》は学校《がっこう》まで、蓮《れん》のバイクで送《おく》ってもらった。

「蓮《れん》くん、ありがとう」

「おう」

正門《せいもん》の手前《てまえ》でバイクを降《お》りて、蓮《れん》にヘルメットを手渡《てわた》した。すると背後《はいご》から、

「えっ」という声《こえ》が聞《き》こえる。

「ゆ、柚月《ゆずき》……？」

「あ……絢斗《あやと》くん」

声《こえ》の主《ぬし》は、ちょうど登校《とうこう》してきた絢斗《あやと》だった。おどろいた様子《ようす》で目《め》を丸《まる》くして、柚月《ゆずき》と蓮《れん》を交互《こうご》に見遣《みや》っている。

「………チッ」

蓮《れん》は不機嫌《ふきげん》そうに絢斗《あやと》をにらむと、わざとらしく舌打《したう》ちをした。そして、柚月《ゆずき》に向《む》き直《なお》って。

「……ゆず、また放課後迎《ほうかごむか》えに来《く》るから」

「あ、うん！　ありがとう」

蓮《れん》は柚月《ゆずき》の頭《あたま》をがしがしとなでた。……かと思《おも》うと。

「おい、泉絢斗《いずみあやと》！」

とつぜん声《こえ》をあららげた蓮《れん》が、ふたたび絢斗《あやと》をにらむ。

「ゆずになんかあったら、お前《まえ》のこと許《ゆる》さねーからな」

蓮《れん》の言葉《ことば》に、絢斗《あやと》も柚月《ゆずき》もその場《ば》で固《かた》まった。

「ちょっ……れ、蓮《れん》くん！」

「ゆずもちゃんと気《き》ぃつけろよ!」

柚月《ゆずき》にも捨《す》てぜりふを吐《は》くと、蓮《れん》はそのままバイクにまたがって行《い》ってしまった。

絢斗《あやと》も柚月《ゆずき》も、ぼう然《ぜん》と蓮《れん》の背中《せなか》を見送《みおく》る。

「柚月《ゆずき》、あれって……」

「泉《いずみ》センパーイ! おはようございます~」

絢斗《あやと》が柚月《ゆずき》に声《こえ》をかけようとすると、一年生《いちねんせい》の女《おんな》の子《こ》たちが絢斗《あやと》に駆《か》けよってきた。

柚月《ゆずき》ははっとして、絢斗《あやと》と女《おんな》の子《こ》たちから逃《に》げるように歩《ある》きだす。そしてまた、ひどく情《なさ》けない気持《きも》ちにおそわれる。

(思《おも》わず逃《に》げちゃった……蓮《れん》くんのこと、説明《せつめい》したいのに。でも、話《はな》しかけるわけにもいかないし……それに説明《せつめい》して、なにになるんだろう)

校舎《こうしゃ》に向《む》かって早足《はやあし》で歩《ある》きながら、柚月《ゆずき》はぐるぐると考《かんが》える。

どうにもならないことばかりで、息苦《いきぐる》しくなる。身動《みうご》きがとれなくて、いつだって人《ひと》の目《め》を気《き》にしてばかりで。

(ふわふわ、浮《うわ》ついてた気持《きも》ちが、うそみたい)

ドラマで絢斗《あやと》と仲良《なかよ》くなってからずっと、足元《あしもと》が宙《ちゅう》に浮《う》かんだみたいに、ふわふわしていた。

太陽《たいよう》のようにまっすぐと、柚月《ゆずき》を照《て》らしてくれた絢斗《あやと》。明《あか》るいほうへ、楽《たの》しいほうへと柚月《ゆずき》を引《ひ》っ張《ぱ》りだしてくれた、絢斗《あやと》。

絢斗《あやと》のことを考《かんが》えると、火照《ほて》ったみたいに熱《あつ》くて、恥《は》ずかしくて、夢《ゆめ》をみてるみたいで。

そんな気持《きも》ちもいまとなっては、どしゃぶりの雨《あめ》に打《う》たれたみたいに、濡《ぬ》れてしずんでいる。

(もう、前《まえ》みたいに話《はな》すことは、できないんだな)

もともと学校《がっこう》では、あまり話《はな》さないようにしていた。いまは仕事《しごと》での関《かか》わりも、ほとんどない。

それに、あんなふうに記事《きじ》が出《で》てしまったせいで、絢斗《あやと》の事務所《じむしょ》から共演《きょうえん》NG《エヌジー》を出《だ》される可能性《かのうせい》だってある。

(だめだ。なんか、泣《な》きそうだ)

ネガティブな感情《かんじょう》で、心《こころ》がいっぱいになる。

泣《な》かないように息《いき》をこらえながら、柚月《ゆずき》は校舎《こうしゃ》へと駆《か》けこんだ。

◆◆◆

蓮《れん》の送《おく》り迎《むか》えのおかげで、学校《がっこう》の外《そと》で襲撃《しゅうげき》にあうことはなくなった。

絢斗《あやと》の事務所《じむしょ》が出《だ》してくれたコメントの効果《こうか》もあってか、柚月《ゆずき》への誹謗中傷《ひぼうちゅうしょう》はすこしずつ減《へ》ってきたと、天音《あまね》が話《はな》していた。

「今日《きょう》のイベント、やっぱり泉《いずみ》くんとは出演時間《しゅつえんじかん》をわけるって」

「そっか。わかった」

柚月《ゆずき》は朝食《ちょうしょく》をとりながら、天音《あまね》の言葉《ことば》に返事《へんじ》をする。

土曜日《どようび》の今日《きょう》は、急遽《きゅうきょ》、絢斗《あやと》と共演《きょうえん》したドラマ『ブルー・センチメンタル』のイベントに参加《さんか》することになった。

動画配信《どうがはいしん》において、シリーズを通《つう》じた動画《どうが》の再生回数《さいせいかいすう》が一億回《いちおくかい》をこえた。そこで、記者会見《きしゃかいけん》を兼《か》ねたサンクスイベントが開《ひら》かれることになったのだ。

イベントは一部《いちぶ》と二部《にぶ》にわかれていて、絢斗《あやと》が一部《いちぶ》、柚月《ゆずき》が二部《にぶ》に出演《しゅつえん》することになった。……二人《ふたり》を共演《きょうえん》させないのも、制作側《せいさくがわ》の配慮《はいりょ》、ということだった。

会場《かいじょう》に着《つ》くと柚月《ゆずき》は、監督《かんとく》や共演者《きょうえんしゃ》へのあいさつ回《まわ》りのために楽屋《がくや》をまわった。

みんな、記事《きじ》のことを心配《しんぱい》して、柚月《ゆずき》をねぎらってくれた。

(絢斗《あやと》くん……まだ、いるのかな)

ちょうどいまの時間《じかん》は、イベントの一部《いちぶ》が終《お》わったばかりだった。

絢斗《あやと》にあいさつをするかどうか、しばらく迷《まよ》いながらも、勇気《ゆうき》をだして楽屋《がくや》のドアをノックした。

「……逢坂《おうさか》です。絢斗《あやと》くん、いますか」

「は、はい」

声《こえ》をかけると、すぐにドアが開《あ》けられた。楽屋《がくや》には、絢斗《あやと》ひとりしかいなかった。

「えっと……あいさつにきました。一部《いちぶ》、お疲《つか》れさま」

「あ、うん」

とりあえず顔《かお》を合《あ》わせたものの、柚月《ゆずき》はそれ以上《いじょう》、なにを言《い》えばいいのかわからなかった。絢斗《あやと》はくちびるを結《むす》び、頭《あたま》をかく。

「ちょっと、話《はな》せる?」

「う……うん」

絢斗《あやと》にうながされて、柚月《ゆずき》は楽屋《がくや》の中《なか》に入《はい》り、ドアを閉《し》めた。

絢斗《あやと》は気《き》まずそうに目《め》を伏《ふ》せながら、意《い》を決《けっ》したようすで口《くち》を開《ひら》く。

「柚月《ゆずき》に……ちゃんと、謝《あやま》りたくて」

「へっ？」

予想《よそう》もしなかった絢斗《あやと》の言葉《ことば》に、柚月《ゆずき》はまぬけな声《こえ》をあげてしまった。

すると絢斗《あやと》は、柚月《ゆずき》に向《む》き直《なお》り、バッと頭《あたま》を下《さ》げる。

「打《う》ち上《あ》げのあとのこと……ほんとにごめん！」

「打《う》ち上《あ》げのあと……？」

一瞬《いっしゅん》なんのことかわからず、柚月《ゆずき》は思《おも》わず聞《き》き返《かえ》してしまった。絢斗《あやと》はふたたび目《め》を伏《ふ》せながら、もごもごと答《こた》える。

「俺《おれ》が、……きっ……キス、しかけたこと……」

そう言《い》われて柚月《ゆずき》は、ようやく絢斗《あやと》の言《い》いたいことを、理解《りかい》した。

「あぁっ！　えと、いや、謝《あやま》らなくて……だいじょうぶ、です」

しどろもどろに言葉《ことば》を並《なら》べると、絢斗《あやと》はほっとしたように息《いき》を吐《は》いた。

「あれからずっと、目《め》も合《あ》わないし、避《さ》けられてる気《き》がして……柚月《ゆずき》を怒《おこ》らせたんだって、思《おも》って……」

「お、怒《おこ》ってない、怒《おこ》ってない」

避《さ》けていたつもりはなかったけれど、たしかに、目《め》を合《あ》わせないようにはしていた。でも、それは。

「……はずかしくて、その……目《め》、合《あ》わせられなかっただけ」

「な、なら、よかった」

柚月《ゆずき》が言《い》うと、絢斗《あやと》はすこし動揺《どうよう》しながらも、わかってくれた様子《ようす》だった。

「あの、私《わたし》も、謝《あやま》りたくて……この前《まえ》、ごめんね。蓮《れん》くんが……」

「あー……あの、バイクの人《ひと》？」

「うん。あの人《ひと》、天音《あまね》さんの息子《むすこ》さんなの。今《いま》だけ実家《じっか》に……うちに、帰《かえ》ってきてて」

「そう、なんだ」

「小《ちい》さい頃《ころ》から一緒《いっしょ》だし、私《わたし》のお兄《にい》ちゃんみたいなひとなの」

柚月《ゆずき》が蓮《れん》のことを説明《せつめい》すると、絢斗《あやと》はくちびるをとがらせた。

「じゃあいま柚月《ゆずき》は……あいつと一緒《いっしょ》の家《いえ》に住《す》んでるってこと？」

「う、うん。だって、私《わたし》のほうが居候《いそうろう》みたいなものだもん」

「そーかー………」

絢斗《あやと》は、重々《おもおも》しく息《いき》を吐《は》いた。かと思《おも》うと今度《こんど》は、なにかを思《おも》い出《だ》したみたいにぱっと顔《かお》を上《あ》げる。

「……もしかしてさ。昔《むかし》、俺《おれ》が出《で》てた舞台《ぶたい》を一緒《いっしょ》に観《み》に来《き》てたのって、あの人《ひと》？」

「え？」

絢斗《あやと》が小学五年生《しょうがくごねんせい》のときに出《で》ていた舞台《ぶたい》を、柚月《ゆずき》は観《み》に行《い》ったことがあった。たしかに、蓮《れん》が劇場《げきじょう》まで付《つ》き添《そ》ってくれたような覚《おぼ》えがある。

「……うん、そうかも。一緒《いっしょ》に行《い》ったような気《き》がする」

「そっか」

「よく覚《おぼ》えてるね」

柚月《ゆずき》が言《い》うと、絢斗《あやと》はまた頭《あたま》をかいて、気《き》まずそうに答《こた》える。

「うん。俺《おれ》、あの人《ひと》が柚月《ゆずき》の彼氏《かれし》なんだって、ずっと思《おも》いこんでたから」

「え………ええぇっ!?」

思《おも》いもよらない絢斗《あやと》の言葉《ことば》に、柚月《ゆずき》はつい大《おお》きな声《こえ》をあげてしまった。

「いや、ほんとに俺《おれ》の勘違《かんちが》いっていうか……そもそも、俺《おれ》が転校《てんこう》してすぐのときに、クラスの女子《じょし》から『柚月《ゆずき》には年上《としうえ》の彼氏《かれし》がいる』って聞《き》かされたんだ」

「えー！　そんな、根《ね》も葉《は》もない……」

「だよな。でも、その噂《うわさ》聞《き》いてすぐのタイミングで、二人《ふたり》が舞台《ぶたい》に来《き》てるの見《み》ちゃって……あーほんとに彼氏《かれし》いたんだって、信《しん》じちゃって」

ようやく、つながった。だから絢斗《あやと》は、クランクインのあの日《ひ》、柚月《ゆずき》に彼氏《かれし》がいるかどうかを尋《たず》ねてきたのだ。

「自分《じぶん》でたしかめればよかったのに、柚月本人《ゆずきほんにん》にはずっと聞《き》けなくて……」

ようやく顔《かお》を上《あ》げた絢斗《あやと》の切《せつ》なげな表情《ひょうじょう》に、柚月《ゆずき》の胸《むね》が、なぜか痛《いた》む。

「とにかく俺《おれ》は、柚月《ゆずき》に彼氏《かれし》がいるって思《おも》いこんでたんだ。だから……俺《おれ》は初恋の相手をあきらめるしかないと思ってた」

どくどくと、心臓《しんぞう》がうるさかった。

絢斗《あやと》に見《み》つめられて、その瞳《ひとみ》に映《うつ》る自分《じぶん》の姿《すがた》さえも、恥《は》ずかしくて。

「わかった？　俺《おれ》の本命《ほんめい》が、だれだったのか」

「わ……わ、かった」

柚月《ゆずき》はこの空気《くうき》から逃《のが》れることに必死《ひっし》で、うなずくことしかできなかった。この時《じ》点《てん》で、柚月《ゆずき》の許容《きょよう》をはるかにオーバーしていた。

そのとき、ポケットに入《い》れていた柚月《ゆずき》のスマホがふるえだした。

「あ、あま、天音《あまね》さんだ。わ、私《わたし》を探《さが》してるのかも」

「うん」

スマホをいったんポケットにしまい、柚月《ゆずき》はあわてて楽屋《がくや》を出《で》ていこうとする。

「柚月《ゆずき》」

すると、閉《し》まりかけたドアを手《て》で押《お》さえ、絢斗《あやと》は柚月《ゆずき》のうでを引《ひ》いた。

思《おも》わず足《あし》を止《と》めた柚月《ゆずき》の耳元《みみもと》で、絢斗《あやと》がささやく。

「……『同級生《どうきゅうせい》の一人《ひとり》』なんて思《おも》ったこと、一度《いちど》もないからね」

柚月《ゆずき》はなんとかうなずいて、絢斗《あやと》の楽屋《がくや》を出《で》た。

おぼつかない足《あし》どりで、ようやく自分《じぶん》の楽屋《がくや》へと戻《もど》ってくる。

「あら、柚月《ゆずき》、顔真《かおま》っ赤《か》よ！　熱《ねつ》でもあるんじゃない……!?」

「だ、大丈夫《だいじょうぶ》……」

楽屋《がくや》に置《お》かれた扇風機《せんぷうき》の前《まえ》で正座《せいざ》して、柚月《ゆずき》は火照《ほて》った頬《ほお》を必死《ひっし》に冷《さ》ました。

◆◆◆

サンクスイベントを無事《ぶじ》に終《お》えた翌日《よくじつ》、早朝《そうちょう》。

絢斗《あやと》は、都内《とない》を走《はし》っていた。

（モヤモヤが、頭《あたま》から抜《ぬ》けない……）

先日《せんじつ》、校門前《こうもんまえ》で蓮《れん》に言《い》われたセリフが、ずっと頭《あたま》の中《なか》をめぐっていた。

『ゆずになんかあったら、お前《まえ》のこと許《ゆる》さねーからな』

頭《あたま》を整理《せいり》したくて、明《あ》け方《がた》の街《まち》をひたすら走《はし》り続《つづ》けている。

（柚月《ゆずき》が苦《くる》しんでるのに、俺《おれ》はなにもできない）

『同級生《どうきゅうせい》の一人《ひとり》』というコメントは、事務所《じむしょ》がいつのまにか出《だ》していたものだ。

柚月《ゆずき》への誹謗中傷《ひぼうちゅうしょう》は、柚月《ゆずき》の事務所社長《じむしょしゃちょう》が対処《たいしょ》していると、聞《き》いている。

柚月《ゆずき》を守《まも》る役目《やくめ》は、蓮《れん》が担《にな》っている。

そんななか絢斗《あやと》は、噂《うわさ》に振《ふ》り回《まわ》されて、蓮《れん》に嫉妬《しっと》して。カッコ悪《わる》い姿《すがた》を、柚月《ゆずき》に見《み》せただけだった。

（思《おも》えば俺《おれ》は、最初《さいしょ》っからずっと、ずっと、カッコ悪《わる》い……）

噂《うわさ》を信《しん》じて、柚月《ゆずき》への想《おも》いをあきらめたり。

キスシーンに緊張《きんちょう》して、石膏像《せっこうぞう》にキスしてるところを見《み》られたり。

（こんなんじゃ、柚月《ゆずき》の気持《きも》ちもそのうち……）

らしくないネガティブな考《かんが》えが、頭《あたま》をよぎる。ぶるぶると頭《あたま》を振《ふ》って、絢斗《あやと》は前《まえ》を向《む》いた。

すると、ランニング中《ちゅう》の金髪《きんぱつ》の男《おとこ》に、後《うし》ろから抜《ぬ》かれる。

「っ……！」

追《お》い越《こ》されたことになんとなくモヤッときて、絢斗《あやと》は速度《そくど》を上《あ》げた。

金髪《きんぱつ》の男《おとこ》を抜《ぬ》き返《かえ》すと、その男《おとこ》はまた速度《そくど》を上《あ》げる。

なぜか競《きそ》い合《あ》うように走《はし》る形《かたち》になり、結局同時《けっきょくどうじ》に、交差点《こうさてん》の赤信号《あかしんごう》で停止《ていし》した。

「げっ！　泉絢斗《いずみあやと》！」

「あっ、あんたは柚月《ゆずき》の……！」

なんと、競《きそ》い合《あ》っていた相手《あいて》は、柚月《ゆずき》の同居人《どうきょにん》である蓮《れん》だった。

「足短《あしみじか》いのに案外速《あんがいはえ》ぇな」

「短《みじか》くねーわ！　まだこれから成長期《せいちょうき》で……」

むきになって蓮《れん》に張《は》り合《あ》っている自分《じぶん》に気《き》づき、絢斗《あやと》はあわてて口《くち》を閉《と》じた。

すると蓮《れん》は、交差点《こうさてん》のわきにある公園《こうえん》を指《ゆび》さして言《い》う。

「ちょっと話《はな》そうぜ。お前《まえ》には言《い》いたいことがいっぱいある」

蓮《れん》の言葉《ことば》に、絢斗《あやと》はごくりと唾《つば》をのんだ。


うながされるままに、絢斗《あやと》は公園《こうえん》のベンチに座《すわ》る。蓮《れん》は自販機《じはんき》で水《みず》を二本《にほん》買《か》って、そのうちの一本《いっぽん》を絢斗《あやと》に手渡《てわた》す。

「あり……がとう、ございます」

「俺《おれ》はな、ゆずが生《う》まれて間《ま》もない頃《ころ》から一緒《いっしょ》に育《そだ》ってきたんだ」

絢斗《あやと》のお礼《れい》の言葉《ことば》など、聞《き》こえていないかのように、蓮《れん》は唐突《とうとつ》に話《はな》しはじめた。

「俺《おれ》にとってゆずは、ほんとうの妹《いもうと》みたいなもんだ」

「い、妹《いもうと》っすか……」

「妹以上《いもうといじょう》に大事《だいじ》だけどな！」

蓮《れん》の言葉《ことば》に絢斗《あやと》は、蓮《れん》に対《たい》して妙《みょう》な対抗心《たいこうしん》を抱《いだ》いてしまったことを反省《はんせい》する。

「ゆずが傷《きず》つくことは、ぜってー許《ゆる》さねぇ。だから俺《おれ》はお前《まえ》に怒《おこ》ってる」

蓮《れん》は、真剣《しんけん》な表情《ひょうじょう》で絢斗《あやと》を見《み》つめる。絢斗《あやと》は、心臓《しんぞう》がじくじくと痛《いた》むのを感《かん》じた。

くちびるをかみ、ぎゅっとこぶしをにぎる。

「……俺《おれ》も、俺《おれ》自身《じしん》にめっちゃ腹立《はらた》ってるよ」

ふるえる声《こえ》を押《お》し隠《かく》しながら、絢斗《あやと》は言《い》った。

そんな絢斗《あやと》の様子《ようす》を見《み》て、蓮《れん》はふん、と鼻《はな》を鳴《な》らした。

「お前《まえ》は、ゆずのことが好《す》きなのか」

絢斗《あやと》ははっと顔《かお》を上《あ》げた。正直《しょうじき》に答《こた》えていいものかと悩《なや》んでいると、蓮《れん》は肩《かた》をすくめる。

「俺《おれ》はゆずの家族《かぞく》だぞ。だれにも言《い》ったりしねーから、ちゃんと答《こた》えな」

「……そうだよ。好《す》きだよ」

自分《じぶん》の言葉《ことば》に、全身《ぜんしん》がカーッと熱《あつ》くなるのを感《かん》じた。はっきりと言葉《ことば》にしたのは、これが初《はじ》めてだった。

蓮《れん》はあきれたように、息《いき》を吐《は》く。

「お前《まえ》は、ずっと芸能界《げいのうかい》でやってくつもりなの？」

唐突《とうとつ》な蓮《れん》の質問《しつもん》に、絢斗《あやと》は眉《まゆ》を寄《よ》せた。

「そりゃ、やれる限《かぎ》りはやるよ」

「それなら、お前《まえ》にはゆずは荷《に》が重《おも》いよ」

「……どういうことだよ？」

蓮《れん》は目《め》を細《ほそ》め、じっと絢斗《あやと》を見《み》つめた。

やはり蓮《れん》の言葉《ことば》の真意《しんい》は読《よ》めず、絢斗《あやと》は見《み》つめ返《かえ》すことしかできない。

すると蓮《れん》はふたたび、はぁ、と大《おお》きく息《いき》を吐《は》いた。

「ゆずが背負《せお》ってるもんは、お前《まえ》の想像以上《そうぞういじょう》にデカい。半端《はんぱ》な覚悟《かくご》じゃ、ゆずは守《まも》れねぇ」

蓮《れん》の言葉《ことば》に、絢斗《あやと》の気持《きも》ちはまた、煽《あお》られた。

なにもかも知《し》ったような顔《かお》をして、蓮《れん》に語《かた》られること。

実際《じっさい》に自分《じぶん》は、柚月《ゆずき》のことをなにも知《し》らないこと。

自分《じぶん》には柚月《ゆずき》を守《まも》れないと、決《き》めつけられていること。

そのいらだちが、かえって絢斗《あやと》の脳内《のうない》をクリアにしてくれた。

「あのなぁ」

ザッと立《た》ち上《あ》がり、絢斗《あやと》は蓮《れん》と向《む》かい合《あ》う。

「柚月《ゆずき》を捨《す》ててまで欲《ほ》しいものなんてねぇよ」

それが、答《こた》え。

それこそが、絢斗《あやと》の真《しん》なる想《おも》い。

絢斗自身《あやとじしん》も、ようやくそれに、気《き》が付《つ》いた。

「俺《おれ》の人生《じんせい》、柚月《ゆずき》が一番《いちばん》、次《つぎ》が俺《おれ》だ。柚月《ゆずき》か仕事《しごと》かって言《い》われたら、柚月選《ゆずきえら》ぶに決《き》まってる」

俳優《はいゆう》として。グループとして。事務所《じむしょ》の所属《しょぞく》タレントとして。

芸歴《げいれき》を積《つ》み重《かさ》ねるうち、大切《たいせつ》にしなければならないものが増《ふ》えてきた。

だけど、つねに絢斗《あやと》の中心《ちゅうしん》にあったのは、柚月《ゆずき》だった。

「……やべぇ、火《ひ》ぃつけちゃったか……」

「あぁ!?」

「半端《はんぱ》なことしたら、ぜってーぶっ潰《つぶ》すぞ！　わかってんのか!?」

「半端《はんぱ》な覚悟《かくご》じゃねぇっつってんだろ！」

「つか、ゆずのお兄様《にいさま》に対《たい》してその態度《たいど》はねーだろ！　あらためろ！」

「はっ……！　よ、よろしくお願《ねが》いします！　お兄様《にいさま》！」

「お前《まえ》のお兄様《にいさま》じゃねぇよ！　お兄様《にいさま》って呼《よ》ぶな!!」

ぎゃあぎゃあと蓮《れん》との言《い》い合《あ》いを続《つづ》けながらも。

絢斗《あやと》はようやく、うすくかかった雲《くも》が晴《は》れたような、そんな気分《きぶん》だった。

# 07 憧《あこが》れと憧《あこが》れ

翌朝《よくあさ》。柚月《ゆずき》と絢斗《あやと》は——一緒《いっしょ》に登校《とうこう》していた。

前日《ぜんじつ》の夜《よる》、仕事用《しごとよう》のスマホに絢斗《あやと》から、『明日《あした》は一緒《いっしょ》に登校《とうこう》したい』と連絡《れんらく》が来《き》たのだ。


今朝《けさ》、家《いえ》まで迎《むか》えに来《き》た絢斗《あやと》の姿《すがた》を見《み》て、柚月《ゆずき》は唖然《あぜん》とした。

「絢斗《あやと》くん、その格好《かっこう》……！」

「姉《ねえ》ちゃんに、うちの中学《ちゅうがく》の制服《せいふく》借《か》りた」

なんと絢斗《あやと》は、女子《じょし》の制服《せいふく》を着《き》てウィッグをつけて、女装《じょそう》していたのだ。

もともと絢斗《あやと》は中性的《ちゅうせいてき》な顔立《かおだ》ちなので、よく似合《にあ》ってはいた。蓮《れん》と天音《あまね》はその姿《すがた》を見《み》て、爆笑《ばくしょう》していた。

「絢斗《あやと》くん、ほんとに大丈夫《だいじょうぶ》なの……？」

「大丈夫《だいじょうぶ》。ちゃんと守《まも》るし……覚悟《かくご》は決《き》めてきた」

「か、覚悟《かくご》……!?」

たしかにこれなら、遠目《とおめ》に見《み》ただけでは女子生徒《じょしせいと》と歩《ある》いているようにしか見《み》えない。

（でもまさか、こんなことまでしてくれるなんて……）

バレたら色々《いろいろ》まずいのではないかと思《おも》いつつ、絢斗《あやと》ならうまくごまかすだろうとも思《おも》いつつ。

女装《じょそう》しているとはいえ、こうして絢斗《あやと》と二人《ふたり》で登校《とうこう》するのは、なんだかくすぐったい思《おも》いだった。

（こんな状況《じょうきょう》なのに、私《わたし》、浮《う》かれちゃってる……）

その理由《りゆう》は、明《あき》らか。

週末《しゅうまつ》のイベントの時《とき》に、絢斗《あやと》に言《い》われた言葉《ことば》。


――『同級生《どうきゅうせい》の一人《ひとり》』なんて思《おも》ったこと、一度《いちど》もないからね――


その言葉《ことば》と、絢斗《あやと》の真剣《しんけん》なまなざしが、ずっと頭《あたま》から離《はな》れない。

思《おも》い返《かえ》しては、お腹《なか》の奥《おく》が、きゅんと痛《いた》くなる。

「柚月《ゆずき》がおそわれたの、このあたりだろ？」

「え！　あ……う、うん」

絢斗《あやと》に言《い》われ、柚月《ゆずき》はどうにか意識《いしき》を現実《げんじつ》に引《ひ》き戻《もど》した。

そして、最初《さいしょ》に襲撃《しゅうげき》された通学路《つうがくろ》に差《さ》しかかった、そのとき。

後方《こうほう》から近《ちか》づく気配《けはい》には、絢斗《あやと》が先《さき》に気《き》が付《つ》いた。

さっと振《ふ》り返《かえ》り、柚月《ゆずき》をかばうように、前《まえ》に出《で》る。

それと同時《どうじ》に、黒《くろ》い液体《えきたい》が、絢斗《あやと》に浴《あ》びせられた。

「う……、来《き》やがったな！！！」

「えっ、あやっ……女装《じょそう》……!?」

自転車《じてんしゃ》の女子高生《じょしこうせい》は、声《こえ》で絢斗《あやと》に気《き》づいたようだ。

一瞬《いっしゅん》スピードを落《お》としたものの、そのままあわててペダルをこぎ進《すす》める。

「コンの、待《ま》てェええ――――！！！！」

絢斗《あやと》は持《も》っていたカバンとウィッグを投《な》げ捨《す》て、自転車《じてんしゃ》の女子高生《じょしこうせい》を追《お》った。

数秒《すうびょう》もたたず追《お》いつき、サドルをつかんで相手《あいて》の速度《そくど》を落《お》とさせ、停止《ていし》させる。

「は、はッ……マジ、コーラなんか、ぶっかけやがって……！」

「あ、あ、あの、ごめんな、さ……！」

息《いき》を切《き》らしながら、絢斗《あやと》が顔《かお》を上《あ》げる。その女子高生《じょしこうせい》には、見覚《みおぼ》えがあった。

「あんた……俺《おれ》の家《いえ》にも、時々《ときどき》来てるだろ」

「そ、それは……」

「実害《じつがい》ないから、スルーしてたけど……」

ようやく、柚月《ゆずき》が追《お》いついた。しかし、この場《ば》で柚月《ゆずき》にできることは、なにひとつなかった。

「俺《おれ》になんかするならまだしも、周《まわ》りの人《ひと》に手《て》を出《だ》すのは……勘弁《かんべん》してよ」

「だ、だって……」

相手《あいて》をできるだけ煽《あお》らないよう、絢斗《あやと》は言葉《ことば》を選《えら》んで言《い》った。

しかし相手《あいて》も、ひるまなかった。

「こ、こんな中途半端なモデル、絢斗《あやと》に似合《にあ》わない！　全然《ぜんぜん》かわいくもないし……」

女子高生《じょしこうせい》が言《い》い終《お》わらないうちに――ガシャン！　と音《おと》を立《た》て、絢斗《あやと》が学校《がっこう》のフェンスの金網《かなあみ》を殴《なぐ》った。

大《おお》きな音《おと》が、朝《あさ》の通学路《つうがくろ》に響《ひび》く。女子高生《じょしこうせい》は、身《み》をすくめた。

「……言《い》っただろ。俺《おれ》のことはなに言《い》ってもいいけど、周《まわ》りのやつ傷《きず》つけんのはやめろ」

絢斗《あやと》は、あくまで冷静《れいせい》に。しかし、これまで以上《いじょう》に怒《いか》りをはらませて、言《い》った。

女子高生《じょしこうせい》も、柚月《ゆずき》も。見慣《みな》れない絢斗《あやと》の様子《ようす》に、固《かた》まることしかできない。

「さっきの言葉《ことば》、撤回《てっかい》しろ」

「……て、撤回《てっかい》、します」

絢斗《あやと》が言《い》うと、女子高生《じょしこうせい》は渋々《しぶしぶ》といった様子《ようす》で、言《い》った。

絢斗《あやと》は、大《おお》きくひとつ、深呼吸《しんこきゅう》をする。

「柚月《ゆずき》の事務所《じむしょ》も、ウチも……あんたを警察《けいさつ》につきだそうと思《おも》えば、できる。それをしないのは、あんたが学生《がくせい》だからってのも、あると思《おも》う」

「…………」

女子高生《じょしこうせい》は青《あお》ざめながらも、不服《ふふく》そうな表情《ひょうじょう》だけは崩《くず》さなかった。

「あんたのやってることを、許《ゆる》してるわけじゃない。その意味《いみ》を、はきちがえちゃダメだ」

「で、でも……私《わたし》は、絢斗《あやと》のことが好《す》きで……」

「応援《おうえん》してくれることはうれしいよ。それなら、俺《おれ》が大切《たいせつ》にしているものも、大事《だいじ》にしてよ。このままじゃ俺《おれ》は、学校《がっこう》も、芸能活動《げいのうかつどう》も、やめなきゃいけなくなる」

「っ……!!」

絢斗《あやと》の言葉《ことば》はようやく、女子高生《じょしこうせい》に届《とど》いたようだった。

「俺《おれ》は、学校《がっこう》が楽《たの》しい。仕事《しごと》も、楽《たの》しい。俺《おれ》が大切《たいせつ》にしてるものを、応援《おうえん》してほしい」

「………わかった。ごめん」

どこまで納得《なっとく》しているかはわからないけれど、女子高生《じょしこうせい》はひとまず、この場《ば》をおさめる気《き》になったようだった。

絢斗《あやと》もほっとした様子《ようす》で、女子高生《じょしこうせい》にようやく笑顔《えがお》を向《む》ける。

「イベントとか、よく来《き》てくれてるの、憶《おぼ》えてるよ。いつもありがとう」

「に、認知《にんち》して、くれてたの……!?」

「うん。だから、これからはちゃんと正規《せいき》のルートで会《あ》いに来《き》てよ」

そう言《い》って絢斗《あやと》は、手《て》を差《さ》し出《だ》した。

女子高生《じょしこうせい》は、今《いま》さらながら恥《は》ずかしそうに振《ふ》る舞《ま》い、絢斗《あやと》と握手《あくしゅ》をかわした。

すると、空《そら》からぽつぽつと、水滴《すいてき》が落《お》ちてくる。

「え、わ、雨《あめ》!?」

絢斗《あやと》が言葉《ことば》を漏《も》らすと、雨足《あまあし》はさらに強《つよ》くなっていく。

柚月《ゆずき》は、カバンから折《お》りたたみの傘《かさ》を出《だ》した。

「うわ、レインコート置《お》いてきた……!」

女子高生《じょしこうせい》があわてた様子《ようす》で言《い》ったので、柚月《ゆずき》はその傘《かさ》を差《さ》し出《だ》す。

「使《つか》ってください」

「え……」

「私《わたし》は、学校近《がっこうちか》いから。コンビニまで差《さ》して、レインコート、買《か》って」

女子高生《じょしこうせい》は目《め》を丸《まる》くしていたけれど、柚月《ゆずき》の傘《かさ》を受《う》け取《と》ってくれた。

「………ありがと。ごめんね」

それだけ言《い》って、女子高生《じょしこうせい》は傘《かさ》を差《さ》し、自転車《じてんしゃ》を押《お》しながら駆《か》けていった。

たった二言《ふたこと》のその言葉《ことば》に、いろんな気持《きも》ちが含《ふく》まれているのを、柚月《ゆずき》も感《かん》じとることができた。

◆◆◆

絢斗《あやと》と柚月《ゆずき》は雨《あめ》の中《なか》を走《はし》り、なんとか校舎《こうしゃ》にたどりついた。

絢斗《あやと》がコーラをかぶったことを先生《せんせい》に伝《つた》え、水泳部《すいえいぶ》のシャワー室《しつ》を借《か》りる。

「柚月《ゆずき》も、着替《きが》える？」

「ううん。たぶん、すぐ乾《かわ》くと思《おも》うから」

「雨《あめ》すごいし、中《なか》で待《ま》ってなよ。俺《おれ》、シャワー室《しつ》の中《なか》で着替《きが》えるから」

「あ……うん、ありがとう」

更衣室《こういしつ》の中《なか》に、シャワー室《しつ》があった。絢斗《あやと》は着替《きが》えを持《も》ってシャワー室《しつ》に入《はい》ると、シャワーを浴《あ》び始《はじ》める。

柚月《ゆずき》は更衣室《こういしつ》にあったドライヤーを借《か》り、濡《ぬ》れた頭《あたま》や制服《せいふく》を乾《かわ》かした。

ある程度《ていど》乾《かわ》いたので、柚月《ゆずき》は壁《かべ》に寄《よ》りかかり、ぼんやりと視線《しせん》を落《お》とした。

（中途半端《ちゅうとはんぱ》なモデル、か……）

シャワーの流《なが》れる音《おと》を聞《き》きながら、柚月《ゆずき》は女子高生《じょしこうせい》に言《い》われた言葉《ことば》を思《おも》い返《かえ》していた。

あんな言葉《ことば》を浴《あ》びせられたのに、気持《きも》ちはやけに冷静《れいせい》だった。

（たぶん、絢斗《あやと》くんが代《か》わりに怒《おこ》ってくれたからだ）

柚月《ゆずき》ひとりだったらきっと、なにも言《い》い返《かえ》せなかった。ごめんなさいと、謝《あやま》っていたかもしれない。

（私《わたし》、絢斗《あやと》くんに助《たす》けられてばっかだ）

そう考《かんが》えると、自然《しぜん》と涙《なみだ》があふれてきた。

情《なさ》けなくて、カッコ悪《わる》くて。こんな自分《じぶん》が、心底《しんそこ》いやだった。

思《おも》えば、未来《みらい》は、いつもぼやけていた。

背《せ》が伸《の》びなければ、モデルとしては先《さき》がない。役者《やくしゃ》、タレントとしての道《みち》は、まだ始《はじ》まったばかり。そもそもいつまで、芸能活動《げいのうかつどう》を続《つづ》けられるのか。もし辞《や》めたら自分《じぶん》には、なにが残《のこ》るのか。

中途半端《ちゅうとはんぱ》だということは、自分自身《じぶんじしん》がいちばん感《かん》じていた。

（ちゃんと強《つよ》くなりたい。こわいものから目《め》をそらすのも、逃《に》げるのも、もうやめたい）

今《いま》なら、はっきりわかる。

自分《じぶん》は、絢斗《あやと》のように、なりたいのだ。

姿勢《しせい》よく、まっすぐと前《まえ》を見《み》て、いつでも駆《か》け出《だ》す準備《じゅんび》ができている。

みんなから愛《あい》されて、ひとを大切《たいせつ》に想《おも》う。そんな、絢斗《あやと》のように。

「おまたせー」

いつのまにか絢斗《あやと》は、シャワーを終《お》えていた。

制服《せいふく》に着替《きが》え、頭《あたま》にバスタオルをかぶったままシャワー室《しつ》から出《で》てくる。

表情《ひょうじょう》もなく立《た》っている柚月《ゆずき》を、絢斗《あやと》は心配《しんぱい》そうに見《み》つめる。

「大丈夫《だいじょうぶ》？」

「……うん。絢斗《あやと》くん、ほんとにありがとね。私《わたし》、なにもできなかった」

「そんなことない。柚月《ゆずき》はえらかった。強《つよ》かったよ」

絢斗《あやと》は柚月《ゆずき》の正面《しょうめん》に立《た》ち、柚月《ゆずき》の両手《りょうて》をそっとすくいあげた。

そして、大切《たいせつ》なおまじないを唱《とな》えるかのように、やさしく甘《あま》く、語《かた》りかける。

「柚月《ゆずき》は、かわいい。だれよりもかわいい。中途半端《ちゅうとはんぱ》なんかじゃない、仕事《しごと》だって、学校《がっこう》だって、がんばってるの知《し》ってる。周《まわ》りの人《ひと》をどれだけ大事《だいじ》に思《おも》ってるかも、俺《おれ》は、ちゃんと知《し》ってるよ」

絢斗《あやと》の言葉《ことば》が、こころに、しみこむ。

同時《どうじ》に、痛《いた》くて、切《せつ》なくて、苦《くる》しくて、触《ふ》れたくて。伝《つた》えたい言葉《ことば》が、想《おも》いが、身体《からだ》の内側《うちがわ》からあふれでてくる。

うつむいたまま柚月《ゆずき》は、くちびるをかんだ。

「柚月《ゆずき》？」

だまりこむ柚月《ゆずき》を心配《しんぱい》げに見《み》つめる、絢斗《あやと》。

あふれる想《おも》いに、胸《むね》がぎゅうっと痛《いた》くなって。

柚月《ゆずき》は絢斗《あやと》の手《て》を握《にぎ》り返《かえ》し、絢斗《あやと》の左肩《ひだりかた》に、そっと頭《あたま》をのせた。

絢斗《あやと》は一瞬《いっしゅん》おどろいた表情《ひょうじょう》を見《み》せながらも、柚月《ゆずき》の想《おも》いを感《かん》じとり、柚月《ゆずき》の髪《かみ》にやさしく頬《ほお》を寄《よ》せる。

「……泣《な》かないで、柚月《ゆずき》」

柚月《ゆずき》の身体《からだ》は、小《ちい》さくふるえていた。柚月《ゆずき》のこみあげる想《おも》いを察《さっ》して、絢斗《あやと》は柚月《ゆずき》の頭《あたま》をゆるりとなでる。

「私《わたし》……絢斗《あやと》くんみたいに、なりたい……！」

必死《ひっし》に涙《なみだ》をこらえるせいで、声《こえ》がふるえ、うわずる。

それでもいま、言葉《ことば》にしておきたかった。

「強《つよ》くなりたい。逃《に》げたくない。自信《じしん》もって、前《まえ》に進《すす》みたい。仕事《しごと》、もっと、がんばりたい」

変《か》わりたい。

絢斗《あやと》のように、強《つよ》く、たくましくなりたい。

絢斗《あやと》の横《よこ》に並《なら》んでも、恥《は》ずかしくない自分《じぶん》になりたい。

すると絢斗《あやと》は、ふっと表情《ひょうじょう》をやわらげた。

「ふふっ、あはは！　やっぱかっこいいよ、柚月《ゆずき》は！」

絢斗《あやと》がそう言《い》って笑《わら》いだしたので、柚月《ゆずき》はようやく我《われ》に返《かえ》って、顔《かお》を上《あ》げた。

柚月《ゆずき》は自分《じぶん》の大胆《だいたん》な行動《こうどう》に戸惑《とまど》っていたけれど、絢斗《あやと》はそれを気《き》にする様子《ようす》もなく、頭《あたま》にかけていたバスタオルを自分《じぶん》の肩《かた》にかけ直《なお》した。

「おどろくと思《おも》うんだけど……俺《おれ》、柚月《ゆずき》に憧《あこが》れて、芸能界《げいのうかい》に入《はい》ったんだよ」

「…………ええええっっ!?!?」

予想《よそう》だにしない絢斗《あやと》の言葉《ことば》に、柚月《ゆずき》は声《こえ》をあげる。

「柚月《ゆずき》が読《どく》モデビューしたの知《し》って、そんなら俺《おれ》もって」

「だ、だって……ただの読《どく》モだよ？」

「俺《おれ》には、衝撃《しょうげき》だったの。追《お》いかけなきゃって思《おも》って、事務所《じむしょ》に入《はい》った」

柚月《ゆずき》は、唖然《あぜん》としていた。自分《じぶん》が憧《あこが》れた相手《あいて》が、自分《じぶん》に憧《あこが》れて芸能界《げいのうかい》に入《はい》ったたなんて。

「ほんとは俺《おれ》、転校《てんこう》してくる前《まえ》から、柚月《ゆずき》のこと知《し》ってたんだ。……どこで知《し》ったかは、内緒《ないしょ》だけど」

「そ……そう、だったんだ」

身《み》に覚《おぼ》えのないことばかりで、柚月《ゆずき》の頭《あたま》はすでにこんがらがっていた。

絢斗《あやと》は、やさしい笑顔《えがお》を柚月《ゆずき》に向《む》ける。

「俺《おれ》にとっては、柚月《ゆずき》はずっと憧《あこが》れの存在《そんざい》だよ。ずっとずっと、柚月《ゆずき》の背中《せなか》を追《お》いかけてきた」

胸《むね》が、とくとくと鳴《な》る。

絢斗《あやと》の言葉《ことば》で、またひとつ、強《つよ》くなれる気《き》がする。

「だから柚月《ゆずき》がいま、俺《おれ》みたいになりたいって言《い》ってくれて……やっと追《お》いつけたのかなって、すっげーうれしい！」

そう言《い》って絢斗《あやと》は、喜《よろこ》びを隠《かく》せない様子《ようす》で、笑《わら》った。

柚月《ゆずき》の胸《むね》が、きゅんと痛《いた》む。

切《せつ》なくて、苦《くる》しくて、欲《ほ》しくて、欲《ほ》しくて。

気《き》づけば柚月《ゆずき》の右手《みぎて》は、絢斗《あやと》の頬《ほお》に触《ふ》れていた。

「どした？」

首《くび》をかしげながら絢斗《あやと》は、柚月《ゆずき》の手《て》に、自《みずか》らの手《て》を重《かさ》ねる。

さっきから、自分《じぶん》の無意識《むいしき》の行動《こうどう》に戸惑《とまど》いながらも、柚月《ゆずき》はおずおずと口《くち》を開《ひら》いた。

「……あ、あの……あのね」

「うん？」

絢斗《あやと》に見《み》つめられて、お腹《なか》のあたりがきゅっと痛《いた》む。

全身《ぜんしん》の熱《ねつ》を上昇《じょうしょう》させながら、柚月《ゆずき》はしどろもどろに、言葉《ことば》を並《なら》べる。

「わ、私《わたし》……最近《さいきん》、なんか、ヘンで。あ……絢斗《あやと》くんに、触《さわ》りたくなるっていうか
……手《て》、つないだりとか……したく、なるっていうか……」

柚月《ゆずき》が言《い》うと、絢斗《あやと》は目《め》を丸《まる》くした。

「へ、ヘンだよね!?　わかってるんだけど、なんか、考《かんが》えちゃって……」

真《ま》っ赤《か》になりながら言《い》う柚月《ゆずき》。絢斗《あやと》もつられて、顔《かお》を赤《あか》くする。

「……べつに、変《へん》じゃない……と思《おも》う」

赤《あか》くなった顔《かお》をタオルで隠《かく》しながら、絢斗《あやと》もなんとか、言葉《ことば》を並《なら》べる。

「俺《おれ》も同《おな》じこと、思《おも》ってる。柚月《ゆずき》に、触《ふ》れたいって。手《て》つなぎたいし、抱《だ》きしめたいし……キス、したいって」

その言葉《ことば》に、柚月《ゆずき》はさらに顔《かお》を赤《あか》くした。

両手《りょうて》で顔《かお》を隠《かく》して、なんとか恥《は》ずかしさをごまかそうとする。

絢斗《あやと》は、ふうっと息《いき》を吐《は》き、柚月《ゆずき》に向《む》き直《なお》った。

「……なんで俺《おれ》がそー思《おも》うか、わかる？」

煽《あお》るような絢斗《あやと》の言葉《ことば》に、柚月《ゆずき》の心臓《しんぞう》が跳《は》ねた。

全身《ぜんしん》をめぐる血液《けつえき》が、どくどくと柚月《ゆずき》の身体《からだ》をゆさぶる。

息《いき》が苦《くる》しくて、酸素《さんそ》が足《た》りないような気《き》さえもして。

それでも、核心《かくしん》にふれるこわさを振《ふ》り切《き》りながら。柚月《ゆずき》は顔《かお》をおおった指《ゆび》の先《さき》から、目元《めもと》だけを出《だ》した。

「わ………私《わたし》を、好《す》き、だから……？」

柚月《ゆずき》が必死《ひっし》の思《おも》いで答《こた》えると、絢斗《あやと》はふっと笑《わら》って、柚月《ゆずき》の頭《あたま》をなでた。

「そう。俺《おれ》が柚月《ゆずき》のこと、好《す》きで好《す》きでたまんないからだよ」

感情《かんじょう》が、追《お》いつかない。

想《おも》いがあふれて、溺《おぼ》れて、気《き》を失《うしな》ってしまいそうだった。

「じゃあ、柚月《ゆずき》は……なんで俺《おれ》に触《さわ》りたいの？」

すべてを見透《みす》かしたような絢斗《あやと》の瞳《ひとみ》。

見《み》つめられて、見《み》つめ返《かえ》して、見《み》ていられなくなって、目《め》をそらして。

本当《ほんとう》はずっと、気《き》づいてた。

きっと、そうなんだと。

向《む》き合《あ》うのがこわくて、気《き》づかないふりをして。

澄《す》んだ瞳《ひとみ》も、長《なが》いまつげも、やさしい声《こえ》も、濡《ぬ》れた髪《かみ》も——絢斗《あやと》のもの、すべてが。

「あ……絢斗《あやと》、くんが………好《す》き、だから……？」

もう、後《あと》には戻《もど》れない。

見《み》ないふりをして、開《あ》けないようにしてきた感情《かんじょう》のふたを、とうとう開《あ》けてしまった。

「……うん。そうだと思《おも》う」

そう言《い》って笑《わら》う絢斗《あやと》は、なんだかいつも以上《いじょう》に大人《おとな》びて見《み》えた。

柚月《ゆずき》は、はぁ、と大《おお》きく息《いき》を吐《は》いた。

熱《ねつ》を冷《さ》ますため、ぱたぱたと手《て》で顔《かお》をあおぐ。

「はずかし、すぎる」

「ふふ、ね。俺《おれ》は、うれしいのほうが、勝《か》ってるけど」

絢斗《あやと》の言葉《ことば》に、柚月《ゆずき》は申《もう》し訳《わけ》なさそうに、眉《まゆ》を下《さ》げた。

「で、でも、こ……恋人《こいびと》、とかはまだ……ちょっと、こわいっていうか……」

「わかってる。いまは、柚月《ゆずき》の気持《きも》ちが聞《き》けただけでじゅーぶん」

絢斗《あやと》のやわらかな笑顔《えがお》に、柚月《ゆずき》は一瞬《いっしゅん》、ほっとする。

しかし、絢斗《あやと》は――「でもさ」と言《い》いながら、柚月《ゆずき》との距離《きょり》を詰《つ》め、向《む》かい合《あ》ったまま壁《かべ》に手《て》をついた。

「柚月《ゆずき》が俺《おれ》としたいことって……触《さわ》りたい、手《て》つなぎたい……それだけ？」

「っっ……！！！」

わざとらしく首《くび》をかしげ、絢斗《あやと》はじっと柚月《ゆずき》を見《み》つめた。

その煽情的《せんじょうてき》な瞳《ひとみ》に、心《こころ》ごと吸《す》いこまれてしまいそうだった。

爆発《ばくはつ》しそうな感情《かんじょう》をおさえ、息《いき》をのむ。視線《しせん》を泳《およ》がせながら、柚月《ゆずき》はなんとか声《こえ》をしぼりだす。
「……キ、ス……した、い」
柚月《ゆずき》が言《い》うと、絢斗《あやと》はすこしいじわるに、笑《わら》った。
そして、柚月《ゆずき》の左《ひだり》の耳元《みみもと》に、くちびるを寄《よ》せて。
「俺《おれ》とおなじだ」
ささやきと同時《どうじ》に、耳《みみ》たぶに絢斗《あやと》の息《いき》がかかり、柚月《ゆずき》は身体《からだ》をふるわせた。
かんたんに溶《と》かされてしまう、こころ。
油断《ゆだん》するとまた、泣《な》いてしまいそうだった。
胸《むね》が押《お》しつぶされるようで、呼吸《こきゅう》もままならない。
そうするうちに、絢斗《あやと》の手《て》が、柚月《ゆずき》の右《みぎ》の頬《ほお》に触《ふ》れた。
ぴくりと身体《からだ》を揺《ゆ》らし、思《おも》わず絢斗《あやと》と目《め》を合《あ》わせてしまう。
その瞬間《しゅんかん》から、糸《いと》で結《むす》ばれたみたいに目《め》が離《はな》せなくなる。視線《しせん》が、とらわれる。
どちらからともなく、鼻先《はなさき》を寄《よ》せた。
息《いき》づかいすらもわかる距離《きょり》になり、絢斗《あやと》の濡《ぬ》れた前髪《まえがみ》が、柚月《ゆずき》の肌《はだ》にはりついた。

そうして、ようやく、くちびるが重《かさ》なった。

そのやわらかさも、あたたかさも。ずっと、柚月《ゆずき》が欲《ほ》しいと思《おも》っていたものだった。

(私《わたし》はこんなにも、絢斗《あやと》くんのことが、欲《ほ》しかったんだ)

憧《あこが》れで、好《す》きで、欲《ほ》しくて、欲《ほ》しくて。

こんな感情《かんじょう》、知《し》らなかった。

自分《じぶん》が自分《じぶん》じゃなくなっていくようなこわさと、想《おも》いが通《つう》じあった喜《よろこ》びと。

お互《たが》いの気持《きも》ちを知《し》ったあとのキスは、想像《そうぞう》もつかないほど切《せつ》なくて、苦《くる》しかった。

遠《とお》くで、始業五分前《しぎょうごふんまえ》を告《つ》げる予鈴《よれい》が鳴《な》った。

二人《ふたり》はなごりおしむように、そっとくちびるを離《はな》す。

それでも、なお、離《はな》れがたくて、もう一度《いちど》だけ。

こんどは絢斗《あやと》が、ゆるくくちびるを動《うご》かした。

柚月《ゆずき》のくちびるの形《かたち》をたしかめるようなその仕草《しぐさ》に、柚月《ゆずき》のお腹《なか》の奥《おく》が、つきんと痛《いた》んだ。

チャイムの音《おと》が、鳴《な》りやむ。

高鳴《たかな》る心臓《しんぞう》の鼓動《こどう》と雨音《あまおと》だけが、しずかな更衣室《こういしつ》に響《ひび》いていた。

# エピローグ

「ゆず、すごい！　もうフォロワー一万《いちまん》こえてるっ」

「ほぁあ……！　そ、そんなに……！」

期末《きまつ》テストを終《お》え、夏休《なつやす》みが目前《もくぜん》に迫《せま》る頃《ころ》。

柚月《ゆずき》はとうとう、SNS《エスエヌエス》の公式《こうしき》アカウントを開設《かいせつ》した。

真帆《まほ》は、一番乗《いちばんの》りでアカウントをフォローしてくれた。

「ドラマの影響《えいきょう》って、すごいんだね……」

「ゆずが専属《せんぞく》モデルになったのも大《おお》きいんじゃない？」

ドラマ放送《ほうそう》の期間《きかん》に、柚月《ゆずき》は『LiCoCo《リココ》』で二度目《にどめ》の表紙《ひょうし》をかざっていた。

その号《ごう》が、普段《ふだん》の『LiCoCo《リココ》』の販売部数《はんばいぶすう》の、三倍《さんばい》にまで及《およ》んだのだ。

『アクアスウェット』のCM《シーエム》も好評《こうひょう》で、認知度《にんちど》を考慮《こうりょ》しての専属契約《せんぞくけいやく》となった。

「ウチもフォローしたよ！　叩《たた》くヤツおったら、ウチがしばき返《かえ》したるわ」

「ありがとー、ナズナ。もうなに言《い》われても気《き》にしないから、大丈夫《だいじょうぶ》だよ」

「ゆず、強《つよ》なったなあ」

絢斗《あやと》のファンからの誹謗中傷《ひぼうちゅうしょう》は、徐々《じょじょ》に落《お》ち着《つ》きをみせていた。

それ以上《いじょう》に、役者《やくしゃ》として、モデルとしての柚月《ゆずき》を応援《おうえん》してくれる人《ひと》の存在《そんざい》に、目《め》を向《む》けられるようになったのもある。

すこしずつ、前《まえ》に進《すす》めている。

そんなふうに実感《じっかん》できるようになったのは、柚月《ゆずき》にとっては大《おお》きな変化《へんか》だった。

「でも私《わたし》、自撮《じど》りが壊滅的《かいめつてき》に下手《へた》なんだよね」

「全身《ぜんしん》うつる鏡《かがみ》とかは？　鏡見《かがみみ》ながらだとけっこーいいカンジに撮《と》れるよ」

「そうなの？　帰《かえ》ったらやってみる」

「ゆずのコーデとか載《の》せたらええやん。そういうのみんな結構見《けっこうみ》てるで」

ひまりやナズナに、SNS《エスエヌエス》のネタ提供《ていきょう》をしてもらいながら、わいわい教室《きょうしつ》で話《はな》しているとこ。

「なにやってんの？」

登校《とうこう》してきた絢斗《あやと》が、ひょいと顔《かお》を出《だ》した。

「SNS《エスエヌエス》に上《あ》げる写真《しゃしん》、撮《と》ってるの」

「へー。ねえ、俺《おれ》に撮《と》らせて」

「え？　絢斗《あやと》くんが撮《と》るの？」

絢斗《あやと》はスマホを取《と》り出《だ》し、カメラを起動《きどう》した。

カメラを構《かま》えると、「窓際《まどぎわ》、立《た》って」と柚月《ゆずき》に立《た》ち位置《いち》を指示《しじ》する。

「制服写《せいふくうつ》んないよーに、カーテンで隠《かく》して……光《ひかり》が足《た》んないな、俺《おれ》ベランダ出《で》るわ」

「本気《ほんき》じゃん、泉《いずみ》」

絢斗《あやと》はひょいっと窓枠《まどわく》を乗《の》り越《こ》え、ベランダに出《で》た。

ひまりたちに見守《みまも》られながら絢斗《あやと》は、ポージングや目線《めせん》を指示《しじ》して、シャッターを押《お》した。

そして撮《と》れた写真《しゃしん》を、みんなで回《まわ》し見《み》る。

「え！　いい！」

「マジ、ちょーかわいい！　なんかエモい！」

「さすがやなぁ、泉《いずみ》……」

「だろ？」

柚月《ゆずき》から見《み》ても、プロのカメラマン以上《いじょう》によく撮《と》れていると思《おも》った。

「なになに？　写真《しゃしん》？」

「そー、ゆずの写真《しゃしん》、泉《いずみ》が撮《と》ったの。ちょーかわいくない？」

「見《み》せて見《み》せてー」

クラスの女子《じょし》に話《はな》しかけられ、ひまりたちは絢斗《あやと》のスマホを持《も》っていってしまった。

「ほんと、よく撮《と》れてた。写真《しゃしん》うまいんだね」

「柚月《ゆずき》の盛《も》れる角度《かくど》も表情《ひょうじょう》も、知《し》りつくしてるからな」

「す、すぐそういうこと、言《い》う……」

絢斗《あやと》が恥《は》ずかしくなるようなことを言《い》うので、柚月《ゆずき》は思《おも》わずカーテンをぎゅっと握《にぎ》った。

ベランダ側《がわ》から窓枠《まどわく》ごしに、絢斗《あやと》がふっと笑《わら》う。

絢斗《あやと》は、柚月《ゆずき》の身体《からだ》を包《つつ》んだカーテンを広《ひろ》げ、教室《きょうしつ》からの視界《しかい》をさえぎった。

「俺《おれ》の目《め》に見《み》えてる柚月《ゆずき》は、あんなにかわいいんだよ」

そして、すっと柚月《ゆずき》の手《て》をとり、顔《かお》を近《ちか》づけ。

一瞬《いっしゅん》のうちに、柚月《ゆずき》のくちびるにキスをした。

「うっ…………！　こ、こんなとこで……！」

「ふふっ」

逃《に》げるひまもない、ふいうちのキスに、柚月《ゆずき》は思《おも》わず両手《りょうて》で口元《くちもと》を隠《かく》した。

絢斗《あやと》はうれしそうに笑《わら》って、ひらりと窓枠《まどわく》を乗《の》り越《こ》えた。

「ほんとは、キスのあとの顔《かお》がいちばんかわいいけどね」

「なっ……！」

絢斗《あやと》の言葉《ことば》に、柚月《ゆずき》は恥《は》ずかしさで顔《かお》を真《ま》っ赤《か》にする。

「それは俺《おれ》だけが知《し》ってればいいから」

絢斗《あやと》は、くしゃりと柚月《ゆずき》の頭《あたま》をなでると、スマホを取《と》り返《かえ》しにひまりたちのいるほうへ行《い》ってしまった。

のぼせそうなほど熱《ねつ》があがって、柚月《ゆずき》は窓《まど》から顔《かお》を出《だ》し、パタパタと顔《かお》をあおぐ。

(うれしいのに、はずかしい……)

初恋《はつこい》が、こんなにキスでいっぱいになるだなんて、思《おも》ってもみなかった。

そもそも、初恋《はつこい》がキスのリハーサルから始《はじ》まるなんて、ふつうはありえない。

翻弄《ほんろう》されてばかりだけど、なんだかしあわせで。

ますます、恋《こい》ってなんなのか、わからなくなる。

（そもそもまだ、付《つ》き合《あ》ってないのに……）

それなのにキスするのはどうなんだろう、とも思《おも》うけれど。

（……でも、キスは、……したい……）

そんな欲深《よくぶか》い自分《じぶん》が恥《は》ずかしくて、柚月《ゆずき》はまた、カーテンに顔《かお》をうずめた。

キスリハから始《はじ》まった恋《こい》は、まだ、つぼみが開《ひら》いたばかり。

この恋《こい》が実《みの》って、ほんとうに恋人《こいびと》になるのは、もうすこし先《さき》のこと。

——その前《まえ》に二人《ふたり》はきっと、幾度《いくど》となくキスを重《かさ》ねてしまうだろう。

## 番外編《ばんがいへん》　ぼくのあこがれのひと　～絢斗《あやと》のひみつの恋《こい》ゴコロ～

♡♡♡

お互《たが》いの想《おも》いを打《う》ち明《あ》けたあの日《ひ》から、数週間後《すうしゅうかんご》。学校《がっこう》は、夏休《なつやす》みに突入《とつにゅう》した。

「お、今日《きょう》はビデオ通話《つうわ》できるの？」

『うん。ちょっとだけね』

「顔見《かおみ》ながら話《はな》せるの、すげーレアな感《かん》じする」

絢斗《あやと》はイヤホンを耳《みみ》にさし、画面《がめん》の向《む》こうの柚月《ゆずき》に笑《わら》いかける。

ドラマをがんばったご褒美《ほうび》に、柚月《ゆずき》は天音《あまね》から個人用《こじんよう》のスマホを買《か》ってもらっていた。

それ以来《いらい》ふたりは、夜《よる》にこっそり通話《つうわ》アプリで話《はな》すようになった。

「つっても明日《あした》また会《あ》うけどな」

『仕事《しごと》でいっしょになるの、ひさびさだね』

六月末《ろくがつまつ》に最終回《さいしゅうかい》の放送《ほうそう》を終《お》えた、ドラマ『ブルー・センチメンタル』。

明日《あした》は、数《すう》ヶ月後《げつご》に発売予定《はつばいよてい》の Blu-ray《ブルーレイ》 BOX《ボックス》 に収録《しゅうろく》される、特典映像《とくてんえいぞう》の撮影《さつえい》が行《おこな》われる。

「柚月《ゆずき》、小《ちい》さい頃《ころ》の写真《しゃしん》、選《えら》んだの？」

『うん！　見《み》えるかな？　保育園《ほいくえん》のときの写真《しゃしん》』

ドラマのテーマのひとつが、キャラクターたちの〈成長《せいちょう》〉。それにちなんで、明日《あした》の収録《しゅうろく》では、出演《しゅつえん》する役者《やくしゃ》たちの〈成長《せいちょう》〉を写真《しゃしん》で追《お》うことになっている。

柚月《ゆずき》と絢斗《あやと》も、明日《あした》の収録《しゅうろく》に持《も》っていくために、自分《じぶん》の小《ちい》さい頃《ころ》の写真《しゃしん》を何枚《なんまい》かピックアップしていた。

「う、うん。かわいい」

『えへへ、ありがと』

柚月《ゆずき》が画面《がめん》ごしに絢斗《あやと》に見《み》せたのは、柚月《ゆずき》が保育園《ほいくえん》の頃《ころ》の写真《しゃしん》。四歳《よんさい》くらいの柚月《ゆずき》と、保育園《ほいくえん》の友達《ともだち》が一緒《いっしょ》に写《うつ》っている。

その写真《しゃしん》を見《み》て、なぜか絢斗《あやと》は気《き》まずそうにうなずいた。

『ここに一緒《いっしょ》に写《うつ》ってる、あやたんって子《こ》と仲良《なかよ》しだったの』

「ふ、フーン……？」

『年中《ねんちゅう》さんのときに引《ひ》っ越《こ》しちゃって、もう連絡《れんらく》もとれなくて』

「そっかー……」

なんだか居心地《いごこち》が悪《わる》くなって、絢斗《あやと》は曖昧《あいまい》に相槌《あいづち》をうった。

それから絢斗《あやと》も、母親《ははおや》が用意《ようい》してくれた赤《あか》ちゃんの頃《ころ》の写真《しゃしん》や、小学校《しょうがっこう》の頃《ころ》の写真《しゃしん》を柚月《ゆずき》に見《み》せた。

数分話《すうふんはなし》をしたあと、思《おも》い切《き》ったようすで柚月《ゆずき》が口《くち》を開《ひら》く。

『ね、ずっと気《き》になってたんだけど、さ』

「なに？」

『絢斗《あやと》くんが、転校《てんこう》してくる前《まえ》から私《わたし》を知《し》ってたのって……どうして？』

「えっ!?　そ、それはー……」

柚月《ゆずき》の質問《しつもん》に、絢斗《あやと》はおどおどしながら画面《がめん》から目《め》をそらした。

(言《い》えるわけねェ……！　俺《おれ》がそのあやたんだなんて……！)

そう。柚月《ゆずき》の保育園《ほいくえん》の頃《ころ》の友達《ともだち》、あやたんとは――絢斗《あやと》のことだった。

◆◆◆

絢斗《あやと》と柚月《ゆずき》がドラマで共演《きょうえん》するよりも、ずっとずっと前《まえ》……二人《ふたり》がまだ、四歳《よんさい》だった頃《ころ》。

「あやたん。今日《きょう》は、おみせやさんごっこしよ」

「うん！　あやたんは、おきゃくさんがいいなー」

「じゃあ、ゆずはケーキやさんするね」

じつは、絢斗《あやと》と柚月《ゆずき》は、同《おな》じ保育園《ほいくえん》に通《かよ》っていた。

年少組《ねんしょうぐみ》の頃《ころ》に柚月《ゆずき》が入園《にゅうえん》してきて以来《いらい》、絢斗《あやと》と柚月《ゆずき》は、大《だい》の仲良《なかよ》しだった。

ただひとつだけ、二人《ふたり》のあいだには誤解《ごかい》があった。

「あやたんね、おおきくなったら、ゆずきちゃんとけっこんしたい」

絢斗《あやと》は、かわいくてやさしい柚月《ゆずき》のことが、当時《とうじ》から好《す》きだった。

だけど——

「ゆずおんなのこだから、あやたんとはけっこんできないよ」

「え！　なんで!?」

柚月《ゆずき》は、『あやたん』のことを、女《おんな》の子《こ》だと思《おも》いこんでいたのだ。

絢斗《あやと》には姉《あね》がいて、姉《あね》は双子《ふたご》だった。

家《いえ》では、姉《あね》ふたりと女《おんな》の子《こ》の遊《あそ》びばかり。それに絢斗《あやと》はいつも、姉《あね》のおさがりのピンクやうすむらさき色《いろ》の服《ふく》ばかりを着《き》ていた。

姉《あね》たちからは『あやたん』と呼《よ》ばれていて、絢斗《あやと》自身《じしん》も自分《じぶん》のことを『あやたん』と呼《よ》んでいた。だから、周囲《しゅうい》のひとはみんな、絢斗《あやと》を女《おんな》の子《こ》だと思《おも》っていた。

例《れい》に漏《も》れず、柚月《ゆずき》も同《おな》じで。

「ゆず、大《おお》きくなったら、ゲーノーカイのしごとがしたいの。あまねさんがね、ゆずならきっとできるよって言《い》ってくれたんだ」

「すごい！　あやたんもいっしょに、ゲーノーカイする！」

「じゃあ、あやたんとゆずでアイドルのガールズグループつくろう！」

「がーるず？」

先生《せんせい》がときどき、あやたんのことを『あやとくん』と呼《よ》ぶのをふしぎに思《おも》いながらも、柚月《ゆずき》にとってあやたんは『女《おんな》の子《こ》のおともだち』だった。

「えー！　あやたんとおなじチーム、やだよ！」

「あやたん、すぐこけるんだもん」

小《ちい》さい頃《ころ》の絢斗《あやと》は、身体《からだ》が弱《よわ》くて、いまとちがって運動《うんどう》は得意《とくい》ではなかった。

運動会《うんどうかい》のリレーのチームわけのとき、男《おとこ》の子《こ》たちは絢斗《あやと》と同《おな》じチームになるのをいやがった。

「あやたん、ゆずとおなじチームになろう」

そういうとき、いつも率先《そっせん》して声《こえ》をかけてくれたのが、柚月《ゆずき》だった。

「こけないように、たくさんれんしゅうしよ」

「ゆずきちゃん……いいの？」

「うん。それに、あやたんがこけても、そのぶんゆずががんばって走《はし》るから、だいじょうぶだよ」

柚月《ゆずき》の言葉《ことば》に、絢斗《あやと》はいつもはげまされていた。

「せんせー、あやたんがいないよー」

「え！　もう、またなの〜？」

帰《かえ》りの時間《じかん》が近《ちか》づくと、絢斗《あやと》はいつも教室《きょうしつ》を抜《ぬ》けだしていた。そして、隠《かく》れられる場所《ばしょ》を探《さが》しては、そこに身《み》をひそめていた。

「あやたん」

「ゆずきちゃん……」

「しー」

柚月《ゆずき》は、隠《かく》れている絢斗《あやと》を見《み》つけるのが得意《とくい》だった。

今日《きょう》の隠《かく》れ場所《ばしょ》は、空《あ》き教室《きょうしつ》に置《お》かれた運動会用《うんどうかいよう》のパネルの裏側《うらがわ》。普段《ふだん》は鍵《かぎ》がかかっているけれど、絢斗《あやと》はその鍵《かぎ》の開《あ》け方《かた》を知《し》っていて、よく忍《しの》びこんでいた。

「きょうも、かえりたくないの？」

「……うん」

「じゃあ、ここにいよう」

パネルのかげに、ふたり並《なら》んで座《すわ》る。

こういうとき、柚月《ゆずき》は絢斗《あやと》を連《つ》れ戻《もど》そうとはせず、ただ絢斗《あやと》の話《はなし》を聞《き》いてくれた。

絢斗《あやと》にとってはそれがすごく、ありがたかった。

「……きのうも、ケンカしてたんだ。おとうさんとおかあさん」

「そっか……」

「あんなにケンカするなら、リコンしたらいいのに」

柚月《ゆずき》は心配《しんぱい》そうに、絢斗《あやと》を見《み》つめた。

絢斗《あやと》が小《ちい》さい頃《ころ》、絢斗《あやと》の両親《りょうしん》は、仲《なか》が良《よ》いほうではなかった。よくケンカをしていたし、父親《ちちおや》は大《おお》きな声《こえ》を出《だ》して怒《おこ》ることも多《おお》くて、絢斗《あやと》はあまり父親《ちちおや》のことが好《す》きではなかった。

そんな家庭環境《かていかんきょう》だったので、絢斗《あやと》はいつも家《いえ》に帰《かえ》るのがいやだった。

「でも、リコンしたらひっこししなきゃいけないって、おねえちゃんたちが言《い》ってた」

「あやたん、とおくに行《い》っちゃうの？」

「わかんないけど……たぶんおかあさんのじっかにかえるって」

絢斗《あやと》たち家族《かぞく》は父親《ちちおや》の会社《かいしゃ》の社宅《しゃたく》に住《す》んでいたので、離婚《りこん》したら、関西《かんさい》の母親《ははおや》の実《じっ》家《か》に帰《かえ》ることになる。

当時《とうじ》の絢斗《あやと》はそれほど深《ふか》い事情《じじょう》はわかっていなかったけれど、いま住《す》んでいる町《まち》を出《で》なければならないということはわかっていた。

「ゆずきちゃんと、はなれたくない。ゆずきちゃんがいないほいくえんなんて、いきたくないよ」

不安《ふあん》な気持《きも》ちがおさえきれなくなり、目《め》に涙《なみだ》を浮《う》かべる絢斗《あやと》。

そんな絢斗《あやと》の手《て》をとり、柚月《ゆずき》はやさしく笑《わら》いかける。

「だいじょうぶだよ。あやたんは、つよいもん。やさしくて、かわいくて、どこにいたってぜったいに人気者《にんきもの》になる」

絢斗《あやと》は、ぐすんと鼻《はな》を鳴《な》らした。柚月《ゆずき》はポケットからハンカチを出《だ》して、絢斗《あやと》の目《め》もとをそっとぬぐう。

「あやたんはおうたもじょうずだし、ダンスもじょうず。にがてなかけっこも、こけないようにたくさんれんしゅうしてたし……ゆずは、あやたんのいいところ、たーくさんしってるよ」

柚月《ゆずき》の言葉《ことば》に、絢斗《あやと》の涙《なみだ》はすこしずつ、引《ひ》っこんでいった。

柚月《ゆずき》が自分《じぶん》のことをそんなふうに思《おも》ってくれていることが、うれしかった。

「あやたん……ゆずきちゃんみたいになりたい」

「どういうこと？」

「ゆずきちゃんみたいに、つよくて、かっこいい子《こ》になりたい」

「ゆず、かっこいい？　うれしいなー」

無邪気《むじゃき》に笑《わら》う柚月《ゆずき》に、絢斗《あやと》もうれしくなる。

「あやたんさ、ゆずのしょうらいのゆめ、おぼえてる？」

「うん！　ゲーノーカイになるんでしょ？」

「そう！」

『芸能界《げいのうかい》』がなんなのか、この頃《ころ》の絢斗《あやと》はあまりよくわかっていなかった。それでも、柚月《ゆずき》が目指《めざ》す夢《ゆめ》を応援《おうえん》したいという気持《きも》ちだけは、たしかだった。

「ゆずがゆうめいになったら、ファンレターおくって！　そしたらゆず、あやたんのとこに会《あ》いにいくから」

「ほんとう!?　ぜったいにかく！」

「やくそくだよ」

小《ちい》さな約束《やくそく》を胸《むね》に、この一《いっ》ヶ月後《げつご》、絢斗《あやと》と柚月《ゆずき》ははなればなれになった。

◆◆◆

絢斗《あやと》の両親《りょうしん》は離婚《りこん》して、母親《ははおや》と絢斗《あやと》とふたりの姉《あね》は、関西《かんさい》に引《ひ》っ越《こ》した。

そして小学五年生《しょうがくごねんせい》のときに、母親《ははおや》が再婚《さいこん》。絢斗《あやと》たち家族《かぞく》はふたたび、東京《とうきょう》に戻《もど》ってきた。

同《おな》じタイミングで絢斗《あやと》が芸能活動《げいのうかつどう》を始《はじ》めることになるけれど、これはまた、べつのお話《はなし》。

(柚月《ゆずき》はあのころの夢《ゆめ》を、叶《かな》えたんだな)

柚月《ゆずき》との通話《つうわ》を終《お》えて、絢斗《あやと》はベッドに寝転《ねころ》がった。

絢斗《あやと》は、知《し》っていた。柚月《ゆずき》がどんなに自信《じしん》をなくしていたとしても、本当《ほんとう》の柚月《ゆずき》はすごく強《つよ》くて、かっこいい女《おんな》の子《こ》だ、と。

柚月《ゆずき》が読《どく》モデビューしたと知《し》ったときは、ふるえた。自分《じぶん》も追《お》いかけなきゃと、思《おも》った。

(何年《なんねん》たっても、柚月《ゆずき》は俺《おれ》の憧《あこが》れの人《ひと》だ)

追《お》いかける存在《そんざい》がいて。その相手《あいて》も、自分《じぶん》を追《お》いかけてくれていて。

それだけでも幸運《こううん》なことなのに、その相手《あいて》と想《おも》いが通《つう》じ合《あ》っているだなんて。

そんなことを考《かんが》えていると、いま通話《つうわ》を終《お》えたばかりなのに、もう柚月《ゆずき》に会《あ》いたいと思《おも》っている自分《じぶん》に気《き》づいて、絢斗《あやと》は思《おも》わず笑《え》みをこぼした。

(早《はや》く明日《あした》になんないかな。柚月《ゆずき》に会《あ》いたいなー……)

会《あ》って、話《はなし》がしたい。

大好《だいす》きな笑顔《えがお》を見《み》つめながら、手《て》をつなぎたい。

そしてまた、隠《かく》れてキスをして。恥《は》ずかしそうにはにかむ柚月《ゆずき》を、抱《だ》きしめたい。

頭《あたま》の中《なか》でふくらむ妄想《もうそう》に恥《は》ずかしくなり、絢斗《あやと》は枕《まくら》に顔《かお》をうずめた。

(自制心《じせいしん》、自制心《じせいしん》……まだ、恋人同士《こいびとどうし》じゃないんだから)

一度《いちど》はあきらめかけた恋《こい》だからこそ、自制心《じせいしん》をうしなえばきっと、想《おも》いが爆発《ばくはつ》してしまう。

せっかく結《むす》ばれたこの想《おも》いがほどけないよう、大切《たいせつ》に大切《たいせつ》に育《そだ》てながら。

いつか、本当《ほんとう》の意味《いみ》で結《むす》ばれる日《ひ》を夢《ゆめ》にみて——絢斗《あやと》はそっと目《め》を閉《と》じた。

カドカワ読書タイム

# キ・ス・リ・ハ

## ～共《きょう》演《えん》者《しゃ》は、学《がっ》校《こう》イチのモテ男《だん》子《し》!? ないしょの放《ほう》課《か》後《ご》リハーサル～

2024年10月26日　初版第一刷発行

| | |
|---|---|
| 著者 | pico |
| 発行者 | 山下直久 |
| 発行 | 株式会社KADOKAWA<br>〒102-8177　東京都千代田区富士見2-13-3<br>0570-002-301（ナビダイヤル） |
| 印刷・製本 | 株式会社広済堂ネクスト |

ISBN 978-4-04-684295-4 C8093


| | |
|---|---|
| グランドデザイン | ムシカゴグラフィクス |
| ブックデザイン | モンマ蚕+タドコロユイ（ムシカゴグラフィクス） |
| イラスト | 久我山ぼん |

この作品はフィクションです。実際の人物・団体・事件・地名・名称等とは一切関係ありません。

本書は、2023年にカクヨムで実施された「カドカワ読書タイム短編児童小説コンテスト」の「児童向け恋愛小説（溺愛）」部門で優秀賞を受賞した「キ・ス・リ・ハ　——同級生とキスシーンを演じることになりました。」を加筆修正したものです。